À la Poursuite des Disparus

Découvrez les plus grandes énigmes des disparitions mystérieuses et inexpliqués

Christopher Ebory

Selon le code de la propriété intellectuelle, copier ou reproduire cet ouvrage aux fins d'une utilisation collective est formellement interdit. Une représentation ou une reproduction partielle ou intégrale, quel que soit le procédé utilisé, sans que l'auteur ou ayant droit n'ait donné son accord, relève d'une contrefaçon intellectuelle aux termes des articles L.335 et expose les contrevenants à des poursuites.

Première Édition 2024.

Copyright : Le Corbeau Édition.

Sommaire

Introduction..1

L'Énigme d'Amy Lynn Bradley : Disparue en Pleine Mer. 5

Le Cas Brian Shaffer : La Nuit Sans Lendemain. 19

James E. Tedford : L'Introuvable de Bennington....34

Maura Murray : La Route de l'Énigme...................49

Ray Gricar : Le Procureur Évaporé. 65

Lars Mittank : Le Mystère de la Disparition à l'Aéroport. 79

Sneha Ann Philip : L'Énigme du 11 Septembre.......95

Jimmy Leeward : L'Énigme du Podcast. 111

Le Mystère de Jennifer Kesse : Un Sourire Disparu. 127

L'Énigme de la Maison des Risch : La Sanglante Disparition..141

Épilogue. 157

Introduction.

Chers amateurs d'inexplicable et de frissons,

Alors que le crépuscule se faufile discrètement et que l'obscurité enveloppe nos réalités familières, nous vous invitons à ouvrir ce livre avec précaution, comme on entre dans une pièce longtemps scellée, pleine de secrets chuchotés. Vous vous apprêtez à naviguer dans les eaux troubles des disparitions les plus déconcertantes de notre époque, des mystères qui résistent encore et toujours aux explications logiques et aux investigations minutieuses.

À travers ces chapitres, vous traverserez l'horizon embrumé où la logique se heurte à l'irrationnel, explorant des cas qui défient la compréhension humaine. De l'énigme poignante d'Amy Lynn Bradley, qui s'est volatilisée en pleine mer, à l'abîme sans fond du cas Brian Shaffer, qui a disparu sans laisser de traces dans un bar bondé, chaque histoire est un fil dans le tissu déchiré de notre perception de la réalité.

Nous plongerons dans le mystère enveloppant James E. Tedford, disparu d'un bus en mouvement, et suivrons les traces évanescentes de Maura Murray, dont la voiture a été retrouvée abandonnée sur une route enneigée, sans aucun signe de sa présence. L'affaire de Ray Gricar, le procureur qui s'est évaporé, et la disparition alarmante de Lars Mittank, vue pour la dernière fois courant désespérément à l'aéroport, viendront brouiller encore davantage la ligne entre le possible et l'impensable.

Chaque récit est une porte entrebâillée sur l'abîme, une invitation à regarder dans les ténèbres et à se demander : « Qu'est-il vraiment arrivé ? ».
Mais prenez garde, car ces histoires sont comme des miroirs brisés, reflétant des vérités fragmentées et des possibilités vertigineuses. Elles vous défieront de regarder au-delà des apparences et de questionner ce que vous pensiez savoir sur le monde qui vous entoure. Préparez-vous à être emportés par le tourbillon des disparitions les plus mystérieuses de notre temps, là où chaque indice est un puzzle et chaque ombre cache une histoire. Le voyage que vous êtes sur le point d'entreprendre est semé d'incertitudes et de mystères, mais une chose est sûre : **vous ne ressortirez pas indemne de ces pages.**

PS : Avant d'entamer véritablement votre lecture, permettez-moi de vous offrir quelque chose d'inédit ! Vous nous avez fait confiance en achetant ce livre et nous aimerions vous remercier en vous offrant une histoire audio exclusive : « Le Chasseur Hivernale » !

Plongez dans une dimension supplémentaire du true crime et des disparitions mystérieuses avec cette histoire audio captivante, racontant en détail les actes de l'un des tueurs en série les plus énigmatiques qui ai existé. Cette narration immersive vous transportera directement sur les lieux des crimes, vous faisant vivre l'histoire avec une intensité rarement atteinte à travers la lecture seule.

Pour recevoir GRATUITEMENT votre histoire audio « Le Chasseur Hivernale », scannez simplement le QR code ci-dessous.

C'est notre façon de vous remercier pour votre intérêt et votre passion pour les récits de true crime et de disparition mystérieuse. C'est également une invitation à explorer plus profondément ce monde complexe et intrigant.

Je vous laisse maintenant reprendre votre lecture. Bienvenue dans le labyrinthe des disparus, où les réponses sont aussi insaisissables que les âmes qui nous ont quittés trop tôt.

L'Énigme d'Amy Lynn Bradley : Disparue en Pleine Mer.

« L'océan est une créature à part entière. Il détient des secrets profonds, des merveilles inexplorées, et parfois, il engloutit des âmes sans laisser de trace. »

Mars 1998, la croisière prend un départ estival à bord du Rhapsody of the Seas, fleuron de la flotte de la Royal Caribbean Cruise Line. Parmi les heureux voyageurs se trouve une jeune américaine, Amy Lynn Bradley, âgée de 23 ans. Amy, avec son sourire radieux et sa joie de vivre, a une vie brûlante d'optimisme devant elle. Ses parents, Ron et Iva Bradley ainsi que son jeune frère Brad, étaient avec elle pour partager ces vacances bien méritées. Amy n'était pas une passagère comme les autres à bord du Rhapsody of the Seas.

Ses longs cheveux bruns, son sourire contagieux et sa personnalité pétillante la rendaient impossible à ignorer. Amy, issue de Petersburg, une petite ville de Virginie, avait quelque chose de spécial. Loin de la mer et des tropiques, elle avait grandi entourée par les montagnes, une nature qu'elle aimait ardemment. Elle était une sportive accomplie, ayant fait partie des équipes de basketball et de softball du lycée. En fait, avant d'embarquer sur ce bateau, Amy avait une vie ordinaire en Virginie : elle aimait sa famille, ses amis et tournait une nouvelle page de sa vie après avoir terminé avec succès ses études à l'Université de Longwood.

La croisière absorbait son temps entre l'exploration de paysages exotiques et la captivante vie sociale à bord. Des soirées aux jeux de casino, tout était fait pour garantir un amusement sans fin.

Le mardi 24 mars au soir, la famille Bradley avait l'intention de profiter pleinement de leur dernière nuit en mer. Ils firent le tour du navire, se divertissant des diverses animations et goûtant aux délices des repas servis. Amy et Brad finirent la soirée ensemble, comme à leur habitude, profitant de la musique et de l'ambiance de fête. Le Rhapsody of the Seas venait d'accoster à Curaçao, une île paradisiaque des Caraïbes célèbre pour ses récifs coralliens et ses eaux turquoise.

Alors que le navire était dans les eaux internationales, à environ 130 miles au large de Curaçao, Amy disparut. Amy avait été vue pour la dernière fois dans les premières heures de la matinée du 24 mars, tandis que le navire zigzaguait entre les vagues, embrasé par les lumières et les rires de voyageurs insouciants. Des images de caméra de surveillance montrent Amy en train de danser avec Alister Douglas, un musicien du navire, dans le club de danse. Elle avait été vue pour la dernière fois à 5h30 du matin sur le pont du navire par son père.

La disparition d'Amy a déclenché une vague de choc parmi les passagers et l'équipage qui s'est répandue bien au-delà de l'océan, faisant trembler la paisible communauté de Petersburg, où l'inquiétude remplaça rapidement le soulagement et l'excitation des vacances. Le navire, autrefois une oasis de détente et de plaisir, devint en un instant le cadre d'un mystère des plus déconcertants.

Comment une jeune femme aurait-elle pu disparaître sans laisser de trace dans un espace aussi limité ? Le mystère d'Amy Bradley reste irrésolu à ce jour. Cette histoire vraie et troublante demeure l'une des disparitions les plus énigmatiques, perdue entre l'immensité de l'océan et les confins du désespoir humain. On ne peut qu'imaginer le cauchemar que la douce métamorphose de ces vacances en enfer a représenté pour les proches d'Amy. »

« Le plus triste au sujet du changement est que rien n'est réel tant qu'il n'est pas survenu. Loin est le rire, les fêtes et les danses. Reste en mémoire la peur et le mystère. »

Nous sommes désormais le 24 mars 1998, et c'est dans l'obscurité de la nuit Caribbean, qu'Amy Lynn Bradley a été aperçue pour la dernière fois. Comme les aiguilles de l'horloge s'approchaient de 5h30 du matin, on pouvait apercevoir la figure fluette d'Amy, en compagnie de son nouveau bassiste de l'ami Alister Douglas, plus communément connu sous le nom de « Yellow ». Ensemble, ils dansaient... Ils dansaient comme s'ils allégeaient leurs esprits des lourds soucis du monde, emportés par les hymnes de joie que distillait la musique enjouée du club.

Pendant que son père regagnait leur cabine pour prendre du repos, Amy, a préféré rester sur le pont pour profiter encore de la douce mélodie marine du vent et des vagues. Une image d'innocence tranquille qui, avec le recul, prit une tournure sinistre. Amy

Lynn Bradley, la fille aînée de la famille, n'était pas seulement une jeune femme dynamique et heureuse. Elle était un symbole de réussite dans son petit patelin de Virginie. Après avoir obtenu un diplôme en psychologie à l'Université de Longwood, elle aspirait à faire une différence dans le monde, à apporter sa pierre à l'édifice dans le soin aux personnes de tout âge dans leur combat mental.

Chaque sourire d'Amy transformait la personne la plus maussade en un individu débordant de joie de vivre. Son absence a laissé un vide qui ne pourra jamais être comblé. Bradley, le cadet des enfants, était l'ombre de sa grande sœur. Tout comme elle, il était aussi bon sportif qu'elle, faisant partie de l'équipe de baseball du lycée. Avec Amy, il partageait un lien spécial. Leurs sessions de danse nocturnes, leurs histoires secrètes, tout cela faisait partie intégrante de leur camaraderie. Une camaraderie qu'il n'était pas prêt à lâcher...pas encore.

« Yellow », le bassiste caribéen avec qui Amy a été aperçue pour la dernière fois, était une figure populaire sur le navire. Musicien de nuit, charmeur de jour, il avait le don de se faire remarquer. Il a toujours affirmé avoir quitté Amy sur le pont vers 1 heure du matin, la laissant se prélasser dans la douce brise nocturne.

Le reste de la journée se déroula dans un enfer de confusion et de peur. L'annonce de la disparition de la jeune femme se répandit comme une traînée de poudre, noyant chaque passager dans un mélange d'incrédulité et d'horreur. Le navire paradisiaque s'est transformé en une macabre maison de mystère, chaque recoin pouvant peut-être dissimuler des indications sur le sort d'Amy. Le périple de la famille Bradley sur le Rhapsody of the Seas s'est depuis lors transformé en un cauchemar impitoyable...

Le rire et les festivités avaient laissé place à un silence de mort, marqué uniquement par l'écho de la mer et l'étrange appréhension de l'inconnu. Alors que les prochaines lignes de cette énigme déconcertante se dépliaient, on ne pouvait qu'imaginer la tourmente que devait endurer la famille Bradley. Une tourmente qui allait s'intensifier à mesure qu'ils s'enfonçaient plus profondément dans le mystère de la disparition d'Amy Lynn Bradley, une fille aimée, une sœur chérie et une passagère qui manquait soudainement à l'appel sur le Rhapsody of the Seas.

« Au-delà de chaque théorie se cache une vérité qui peine à se révéler. Dans chaque mystère, des secrets attendant inlassablement leur dévoilement. »
De jour comme de nuit, l'enquête sur la disparition d'Amy a monopolisé l'attention de tous à bord du bateau. L'équipage a procédé à deux fouilles exhaustives parmi les 2000 passagers et les 800 membres du personnel, fouillant les 10 ponts du navire, scrutant chaque recoin, chaque cabine. Rien. Pas une trace d'Amy, comme si elle avait été engloutie par l'océan. Les autorités compétentes furent averties dès que le navire a touché le port de

Curaçao, le matin du 24 mars. La garde côtière aruba, l'institut Maritime des Antilles Néerlandaises et le FBI initient immédiatement leurs investigations. Le terrain de recherche se limita à l'étroit détroit séparant Curaçao de la côte vénézuélienne. Minutieusement, chaque pouce de l'eau fut scruté par les radars et les plongeurs. Malgré tous ces efforts, aucun signe d'Amy ne fut trouvé. Alister Douglas, le dernier à avoir été vu avec Amy, fut interrogé. Il maintint qu'il avait laissé Amy seule sur le pont aux alentours de 1 heure du matin, sans manifester de signes d'inquiétude ni de détresse.

Les épreuves polygraphiques ne révélèrent aucune preuve de sa culpabilité. Les autres passagers et membres de l'équipage ne semblèrent avoir aucune information utile. Tous ces efforts d'enquête n'ont fait que renforcer le mystère et la tristesse. Plusieurs théories ont été avancées pour expliquer la disparition d'Amy. D'abord, il y avait l'hypothèse de l'accident. A-t-elle chuté par-dessus bord, victime de l'altitude ou de l'alcool ? Cependant, cette théorie a été rapidement écartée car Amy était une nageuse accomplie, et le navire était presque à quai à l'heure de sa disparition. De plus, l'intensité des recherches menées dans les eaux et autour de l'endroit où le navire mouillait aurait certainement abouti à des résultats si Amy était tombée par-dessus bord. Une autre hypothèse suppose un acte criminel commis à bord, et que le corps d'Amy ait été jeté à la mer. Cependant, il n'y a aucune preuve irréfutable pour soutenir cette théorie non plus. De plus, ceci ne correspond pas aux preuves vidéo montrant Amy vivante et apparemment sans problème. La dernière des théories, et la plus terrifiante, est celle du trafic d'êtres humains. Des rapports d'observations d'Amy à Curaçao et en 1998 et aux Barbades en 1999 ont conduit les enquêteurs à croire que Amy pourrait avoir été victime de ce commerce immonde.

De plus, dans les années qui ont suivi sa disparition, la famille Bradley a reçu des photos troublantes de ce qui pourrait être une Amy bien plus âgée, renforçant l'idée qu'elle vit peut-être encore quelque part, prisonnière d'une vie qui n'est pas la sienne. L'issue de la disparition d'Amy reste toujours inconnue, sa famille n'ayant jamais abandonné l'espoir de la retrouver. Les théories et les questions se multiplient au fil des années, chaque nouvelle découverte ajoutant un sombre chapitre à ce mystère non résolu. Le voile sur le destin final d'Amy Lynn Bradley reste à ce jour l'un des plus grands mystères des temps modernes - une énigme qui élude toujours la vérité, alourdissant le fardeau du mystère avec le poids lourd de l'incertitude.

« Un vaisseau prend la mer, et ce n'est pas tant pour son chargement opulent ou exotique, c'est pour la précieuse cargaison humaine qui tient à ses flancs. » - Hermon Melville, Moby Dick.

Dans le sillage tragique de la disparition d'Amy Lynn Bradley, le 24 mars 1998, se dessinèrent des ondulations d'impact émotionnel et psychologique qui firent l'effet de vagues déferlantes sur ses proches. Comme des ondes devenant plus grandes et dévastatrices à mesure qu'elles se propageaient, la famille Bradley fut plongée dans des profondeurs d'incertitude et de tourment qui dépassaient leur pire cauchemar imaginable.

Leurs visages rayonnants, qui illuminaient auparavant les photographies de leur voyage en mer, se noyaient maintenant dans la douleur de la perte et la confusion de l'insolvabilité de l'enquête. Ron et Iva Bradley, les parents inquiets, enduraient leurs jours et leurs nuits dans une anxiété croissante, chaque minute passée sans savoir créant une empreinte indélébile dans leurs cœurs. Leur fils, Brad, avait perdu non seulement sa sœur bien-aimée, mais aussi son amie la plus proche, et son compagnon de jeu insouciant. Il a été rapporté que, en rentrant chez lui en Virginie, il garda pendant longtemps la porte de sa chambre fermée, dans l'espoir de retrouver Amy.

L'impact s'étendit rapidement à leur ville natale de Petersburg, où les amis, les voisins et la communauté dans son ensemble se rassemblèrent pour soutenir une famille bien-aimée subissant une épreuve inimaginable. Amy, qui était connue de tous en tant que sportive dynamique, étudiante brillante et jeune femme pleine de joie de vivre, était désormais le visage d'une tragédie mystérieuse. Le cas d'Amy avait également un impact plus large, suscitant des débats sur la sécurité des voyages en mer, et exposant les lacunes des processus d'enquête internationale. Certains ont commencé à questionner la suffisance des mesures de sécurité sur les navires de croisière, tout en soulignant le manque d'un organisme international capable de mener des enquêtes et recherches avec compétence et efficacité en cas de disparitions en haute mer.

Le mystère d'Amy Bradley incite également à une réflexion plus profonde sur les conséquences humaines liées à une disparition non résolue. Les années passent, mais la douleur de la perte reste, transformée cette fois en une blessure muette. La douleur de la disparition s'avère souvent plus accablante que celle du deuil. Car il n'y a pas de résolution, pas de certitude, pas de possibilité de dire adieu. Il est simplement question de survivre à chaque jour avec l'espoir, douloureux et intermittent, que revêt l'ombre de son absence.

Comme Ron Bradley l'a si bien exprimé dans une interview poignante : « C'est comme dans ces films où des gens marchent dans la rue et tout est en noir et blanc, il n'y a pas de couleur. C'est ce que c'est. C'est ce que c'est aujourd'hui. C'est ce que ce sera demain. C'est ce que ce sera le jour suivant. »

La disparition d'Amy, emportée alors qu'elle était au point culminant de sa vie, a laissé dans son sillage un persistant sentiment d'injustice et d'absurdité. Son énigme impénétrable, l'écho d'un sourire autrefois jovial devenu muet, transforment les eaux de l'océan éternel en une œuvre tragique de mélancolie. Et chaque vague qui se brise sur la côte nous rappelle cruellement à quel point il est essentiel de chercher la vérité, de ne jamais cesser d'espérer et de trouver une résolution pour ceux qui ont été laissés derrière.

Nous sommes alors amenés à réfléchir aux ramifications plus vastes de l'histoire d'Amy. Que signifie sa disparition pour notre compréhension de nous-mêmes en tant que société ? Comment pouvons-nous mieux protéger nos citoyens alors qu'ils sillonnent le monde ? Et finalement, comment transmettons-nous l'histoire d'Amy de manière à ce qu'elle ne soit jamais oubliée ?

Seul le temps pourra éventuellement répondre à ces questions, pendant qu'on continue à chercher des réponses pour ceux qui restent, à jamais marqués par l'absence de ceux qui ont disparu.

« Toute bonne chose se termine, dit-on. Mais les mystères n'ont pas de fin. Ils habitent les profondeurs insaisissables de l'inconnu, se frottent à notre imagination, et veillent dans notre éveil. »
À l'aube de ce fatidique 24 mars 1998, le Rhapsody of the Seas, tel un géant étincelant, partageait ses lumières avec les étoiles scintillantes du ciel des Caraïbes. Pourtant, à l'aube de ce nouveau jour, alors que les gens sur le navire se réveillaient à la réalité d'une passagère manquante, les lumières du navire semblaient s'être assombries. Amy Lynn Bradley, 23 ans, demeure, à ce jour, l'une des disparues les plus connues du monde. Comment une jeune femme,

dans la fleur de l'âge, a-t-elle pu disparaître dans l'immensité de l'océan ? Comment un navire plein de passagers, d'équipages et de caméras de sécurité a-t-il pu manquer de garder une trace d'elle ?

Des années ont passé depuis ce jour de mars 1998. Des années durant lesquelles la famille Bradley a continué à chercher, à espérer et à souffrir. La chambre d'Amy à Petersburg est restée immaculée, comme suspendue dans le temps, attendant anxieusement la jeune femme qui n'est plus jamais revenu. Sa famille, désemparée, continue d'espérer un miracle, même si leur espoir faibli avec chaque seconde qui passe. Plus d'une décennie plus tard, nous nous retrouvons à réfléchir à ce que cette histoire nous a appris sur la vulnérabilité de la vie humaine et sur la façon dont un individu, en dépit d'être entouré par des milliers de personnes sur un navire plein à craquer, peut encore se volatiliser sans laisser de trace.

Cela nous rappelle que notre société, pour toute son évolution technologique et ses prouesses, reste impuissante face à la cruauté imprévisible de la nature. Le mystère de la disparition d'Amy Bradley demeure donc non résolu. Malgré d'innombrables efforts et des années de recherche, son sort reste un mystère. Peut-être Amy continue-t-elle de vivre, quelque part sur une île tropicale, une captive enchaînée loin de chez elle ? Peut-être son âme a-t-elle été emportée par la mer ce jour de mars 1998 ?

Les fleurs de l'espoir grandissent toujours dans le cœur de ceux qui l'aiment, nourris par l'amour infini d'une famille pour sa fille et d'un frère pour sa sœur. En ce qui nous concerne, tout ce que nous pouvons faire, c'est de raconter son histoire, en espérant que quelque part, quelqu'un en sait plus et peut aider à résoudre ce mystère déchirant. Amy Lynn Bradley, où que tu sois, ton histoire est gravée dans nos cœurs.

La disparition mystérieuse de la jeune femme sur le Rhapsody of the Seas a laissé derrière elle un océan d'interrogations et une mer de larmes. Les vagues de l'énigme, mélange déroutant de vérités, de demi-vérités et de mensonges, frappent sans relâche le rivage de notre curiosité. Mais, comme les vagues déferlantes sur le rivage, certains mystères refusent simplement de se retirer. Ils se tiennent toujours là, vastes et insaisissables, tels les profonds mystères de l'océan. Et comme les secrets qui sommeillent au fond de l'océan, certains resteront à jamais enfouis sous la surface.

Le Cas Brian Shaffer : La Nuit Sans Lendemain.

« La trace la plus difficile à suivre est celle d'un homme qui marche seul. » - Edgar Allan Poe

L'histoire de Brian Shaffer est celle d'un homme qui marchait seul une nuit de printemps en 2006, laissant derrière lui un sillage imprégné de mystère et de confusion. Fond comme un désert nocturne, l'énigme de sa disparition a assombri la ville de Columbus, Ohio, engloutissant sa famille, ses amis et l'opinion publique dans une véritable mer d'incertitude.

Brian Shaffer, d'un naturel enjoué et charismatique, laisse entrevoir à travers son sourire angélique et ses yeux pétillants un avenir radieux et prometteur. À 27 ans, cet étudiant en deuxième année de médecine à l'Université d'Ohio State avait toute une vie devant lui. C'était le genre de personne que l'on croise dans un couloir d'hôpital, une blouse blanche suspendue sur ses épaules, un stéthoscope autour du cou, et un air décidé reflétant une ambition certaine. Son monde était empreint de livres médicaux, d'analyses, de divers instruments médicaux et d'un désir brûlant d'imprimer sa marque dans le monde médical.

Sur le plan personnel, Brian avait récemment subi un choc émotionnel car sa mère, Renee Shaffer, venait de succomber à une longue et cruelle lutte contre le myélome, une forme de cancer du sang. Ce fut une perte dévastatrice pour Brian, qui était profondément attaché à sa mère. Il avait prévu de partir pour Miami quelques jours plus tard avec son amie Alexis Waggoner afin de se ressourcer et de faire un break loin des tourments de son quotidien.

La veille de sa disparition, le 31 mars 2006, la journée de Brian a commencé comme une journée ordinaire. Il a assisté à ses cours le matin, puis pris le déjeuner sur le campus avec son père, Randy, un après-midi plutôt calme qui sonnait le glas d'une fin de semaine classique. En fin de journée, Brian retrouve ses amis William Florence et Clint pour une Saint Patrick en retard, déambulant d'un bar à un autre dans une humeur joviale, perdant progressivement la notion du temps dans l'éclat du brouillard de l'alcool. Mais c'est au Ugly Tuna Saloona, présenté comme le dernier arrêt de leur virée, que Brian a été vu pour la dernière fois.

Une vidéo surveillance l'a capturé entrant dans le bar vers 1h15, le 1er avril, mais il n'a jamais été vu en sortir, ni même nulle part ailleurs depuis. Columbus, une ville qui possédait le même nom que l'explorateur célèbre pour avoir découvert un nouveau monde, était alors prête pour une exploration d'un autre genre, une qui allait les mener dans des recoins sombres et hostiles de l'inconnu à la recherche de l'un des leurs, de leur enfant prodige. Le cas de Brian Shaffer, une personne bien réelle qui a plané dans le ciel de sa vie comme une étoile brillante avant de s'évanouir dans l'obscurité, a laissé un cratère dans le cœur de nombreuses personnes. Comme une éclipse lunaire, il est là un instant puis disparait soudainement, laissant le public perplexe et inquiet. L'énigme de sa disparition continue de tourmenter à ce jour, une éternité après cette nuit fatidique.

C'est donc dans ce récit mystique que nous plongeons, sillonnant les eaux profondes de l'inconnu, espérant déchiffrer ce qui est resté caché jusqu'à présent. Et que cette histoire serve de rappel poignant que même au sein de notre société interconnectée sophistiquée, certaines personnes peuvent encore disparaître, sans laisser aucune trace derrière elles.

« Dans la marche des événements, même le plus petit fait a son importance. » - Edgar Allan Poe.

Avant de disparaître dans le néant de la nuit du 1er avril 2006, Brian Shaffer a vécu des moments et des interactions dont il faut se servir. L'examen attentif de ces détails peut sembler un exercice futile, mais dans le puzzle complexe d'une disparition, chaque pièce a sa place et sa signification. La dernière journée de Shaffer dépeint un tableau de normalité superficielle, touché légèrement par une tristesse sous-jacente. Il avait assisté à ses cours de médecine le matin - il s'agissait notamment d'une classe de pathologie à 10h, suivie d'une classe de physiologie à 11h - avant de rejoindre son père, Randy, pour le déjeuner à 13h à Eddie George's Grille 27, un restaurant local populaire.

Durant le déjeuner, ils avaient discuté brièvement des vacances à Miami que Brian avait prévu avec son amie Alexis Waggoner. Randy se souvenait que son fils avait semblé épuisé, mentionnant même à quel point il avait hâte de partir. Il ressortait aussi de leur conversation que malgré son sourire forcé, Brian avait toujours du mal à faire face au décès de sa mère, bien que cela fasse presque trois semaines qu'il s'était passé. Après le déjeuner, Brian est rentré chez lui à King Avenue à Columbus, un appartement qu'il partageait avec son amie de longue date, Alexis.

Il a passé l'après-midi à réviser ses notes de cours, à se préparer pour leurs vacances, prévues pour le lundi suivant. À 19h, Brian a appelé Alexis pour la rassurer qu'il se joindrait bien à elle à Miami. Vers 21h, Brian a retrouvé son ami, William Florence, pour un verre au Ugly Tuna Saloona, un bar bondé, situé au deuxième étage du South Campus Gateway complex de l'Université d'Ohio State.

Les deux amis avaient l'habitude de se retrouver ici pour décompresser après une semaine difficile. Le bar était plein à craquer ce soir-là, car il proposait une offre spéciale pour la rentrée universitaire : pour chaque verre acheté, le second était offert. Peu de temps après, ils ont été rejoints par un autre ami, Clint, avec qui ils ont passé la soirée à déguster des shots et des bières en quantité. Vers minuit, Brian a appelé sa petite amie pour lui souhaiter bonne nuit et lui dire combien il avait hâte de la retrouver à Miami. C'est le dernier contact qu'Alexis a eu avec Brian. Les images de la surveillance du Ugly Tuna Saloona révèlent que Brian, Clint et William sont entrés dans le bar à 1h15. Puis, à 1h55, Brian a été vu par les caméras discutant avec deux jeunes femmes près de l'entrée du bar. Il leur disait au revoir, puis il s'est éloigné en direction du bar. C'est là que la chronologie des événements devient trouble. Contrairement à ses amis, Brian n'a jamais été vu sortant du bar sur les images de surveillance. Il n'a jamais rejoint Clint et William, qui étaient partis à sa recherche dans le bar puis à l'extérieur. Il n'est jamais rentré chez lui. Il n'a jamais appelé Alexis pour lui dire « Je t'aime » une dernière fois avant leur vol pour Miami. Brian Shaffer, le futur médecin prometteur, l'ami dévoué, le fils aimant et le partenaire affectueux, avait disparu.

Cela marque la fin de ce que nous savons de Brian, la fin de ses traces tangibles dans ce monde. Ce qui suit n'est que spéculation, conjecture, une tentative désespérée de faire de l'ombre une lumière. Mais avant d'y aller, arrêtons-nous un instant pour ressentir la douleur de cette disparition, l'humanité de chaque acteur de ce récit. Brian, Alexis, Randy, William, Clint - ils étaient tous vivants, heureux, amoureux, avant que le destin ne jette son dévolu terrible sur eux.

« Les histoires de disparition nous confrontent au mystère suprême : qu'est-ce qui fait qu'une personne existe ou non ? » - Sophie Fontanel

Le lundi matin du 3 avril 2006, la chambre de Brian Shaffer était méticuleusement rangée, ses valises parfaitement emballées, comme s'il s'apprêtait à partir en voyage. Pourtant, deux jours plus tard, tout ce qui restait de lui, c'était son absence insoutenable. Sa petite amie, Alexis, reste bouche ouverte devant le silence de son téléphone, espérant encore un dernier appel avant son départ. Mais ce n'était que le calme précédant la tempête. Le voyage à Miami, anticipé avec joie et impatience, ne serait plus qu'une bouée de sauvetage perdue dans l'océan du chagrin. Lorsque Brian ne se présentait pas à l'aéroport, Alexis, désemparée et effrayée, a fini par appeler Randy, le père de Brian. Les deux d'entre eux ont sonné l'alarme, et le service de police de Columbus a engagé une équipe de détectives pour enquêter sur cette disparition inexpliquée.

Dès le début de l'enquête, la police s'est heurtée à un mystère flagrant : comment Brian Shaffer avait-il réussi à disparaître d'un bar particulièrement bondé à 2 heures du matin, sans que personne ne le remarque ? Les caméras de surveillance du Ugly Tuna Saloona ont été méticuleusement décortiquées, sans résultat. Brian avait été vu pour la dernière fois à 1h55, parlant à deux jeunes femmes près de l'entrée du bar. Mais étonnamment, aucune image ne montrait Brian quittant le bar. Cette disparition inexplicable a ouvert la porte à une multitude de théories. Certains ont proposé l'idée que Brian était parti de son plein gré, épuisé par les lourdes responsabilités de sa vie et désireux de disparaître. D'autres ont suggéré un acte criminel, une altercation qui aurait pu mal se terminer, compte tenu de la confusion générale qui règne dans un bar en fin de soirée. Pourtant, l'explication la plus plausible semble être un accident malheureux : peut-être Brian était-il tombé dans une zone du bâtiment sans surveillance par caméra. Après tout, les travaux de construction étaient courants sur le campus à cette époque.

Pourrait-il être tombé accidentellement dans un trou ou un espace confiné, passant inaperçu parmi les débris et les outils de construction ? Une recherche exhaustive a été menée, ponctuée par une tempête d'informations contradictoires. Les employés de la construction ont été interrogés, les plans du bâtiment ont été étudiés, et même la décharge où les débris ont été finalement déposés a été fouillée. Mais tous ces efforts se sont révélés vains. Malgré l'énorme couverture médiatique et l'élan du public pour résoudre le mystère, l'enquête sur la disparition de Brian Shaffer s'est retrouvée dans une impasse, dépourvue de la moindre preuve ou du moindre indice viable.

La police de Columbus, avec l'aide du FBI, a travaillé sans relâche pendant des mois, retraçant les derniers pas de Brian, fouillant ses possessions personnelles et épluchant chaque mètre carré de la zone autour du bar, dans l'espoir de découvrir un indice, une preuve qui fournirait une réponse à la question obsédante : où est-il passé ? Au fil des années, diverses autres théories ont été évoquées : Brian pourrait-il avoir été la victime d'un tueur en série, ou aurait-il été victime d'une rixe de bar qui a mal tourné

? Peut-être avait-il simplement décidé de disparaître, de commencer une nouvelle vie, loin de tout ?

La question reste ouverte, et chaque nouvelle théorie n'a fait qu'ajouter une autre couche de mystère à une histoire déjà profondément sombre. Malheureusement, malgré tous ces efforts et une récompense de 25 000 $ offerte par la famille pour toute information, la disparition de Brian reste un mystère à ce jour. Aucun signe de lui, pas de mot, pas de note, juste un vide silencieux et terrible. Une brèche dans la réalité, tandis que tous ceux qui l'aimaient restent accrochés à l'espoir que quelque part, Brian est encore là, marchant seul dans une réalité que nous ne parvenons pas à comprendre.

« Le traumatisme créé par une disparition mystérieuse est comparable à une blessure physique. La douleur est intense et persistante. Les marques ne disparaissent pas. » - Sophie Fontanel

La disparition de Brian a laissé derrière elle une multitude de cœurs brisés, de questions sans réponses et un vide qui ne sera jamais comblé. Le tremblement de terre sismique de son absence a créé des ondulations d'impact qui peuvent encore être ressenties des années plus tard. Pour Randy Shaffer, le père de Brian, le poids de deux tragédies en si peu de temps était insupportable. La perte de sa femme suivie par la disparition inexplicable de son fils a été une double peine que peu de parents auraient pu supporter.

Il a consacré le reste de sa vie à chercher son fils, déployant des efforts considérables, à la fois financièrement et émotionnellement, pour résoudre le mystère. C'est un voyage qui l'a conduit à l'épicentre de l'agonie humaine, où l'ombre persistante de la question « Que s'est-il passé ? » planait sur lui chaque jour et chaque nuit.

L'impact sur Alexis Waggoner, la petite amie de Brian, a été tout autant dévastateur. Elle a été laissée en plan sur l'aéroport, son téléphone restant étrangement silencieux, comme un cruel rappel de l'absence de son partenaire. Elle a continué à appeler son téléphone pendant des semaines après sa disparition, espérant contre toute attente entendre la voix de Brian. Chaque sonnerie répondue par le silence a été un autre coup de poignard dans son cœur déjà déchiré. Elle se retrouvait coincée dans une réalité parallèle, n'ayant d'autre choix que d'apprendre à vivre sans Brian, tout en continuant d'espérer son retour. La communauté universitaire de l'Ohio State, lieu de dernière vue de Brian, était également secouée. Professeurs et camarades de classe étaient abasourdis et consternés, déconcertés par le fait que l'un des leurs avait disparu sans explication logique.

Le campus, jadis lieu de joie et d'apprentissage, semblait maintenant être un mémorial silencieux à la mémoire de l'étudiant en médecine qui a soudainement disparu dans la nuit, réduisant à néant ses rêves et ses ambitions. Et puis, il y avait l'impact sur l'ensemble de la ville de Columbus, une communauté qui a vu l'un de ses propres enfants disparaître sans laisser de trace. La police, les médias, les citoyens ordinaires – tous étaient liés par le fil de l'incompréhension, captivés par l'énigme de la disparition de Brian Shaffer. Pour une cité qui était un centre prospère d'éducation, de sport et d'art, cette disparition a jeté une ombre sinistre sur son visage brillant. Cette histoire puissante et déchirante a également été une piqûre de rappel pour le public, nous rappelant l'importance attachée à chaque vie humaine. Elle nous oblige à réfléchir sur notre réalité interconnectée, sur la façon dont nous prenons souvent la présence de nos proches pour acquise.

Elle nous pousse à questionner notre perception du monde et de son apparente sécurité. Comment, dans notre société avancée, quelqu'un peut-il simplement disparaître sur le chemin du retour à la maison un soir ? C'est une question qui secoue notre compréhension du monde. Bien que leur douleur soit personnelle et unique, ceux qui aimaient Brian Shaffer ont choisi courageusement de le partager avec le monde. En nous laissant un aperçu de leurs cœurs brisés, ils nous ont permis de comprendre l'ampleur dévastatrice de son absence.

C'est un rappel poignant que le destin des disparus est intimement lié à ceux qui ont survécu à leur perte. La disparition du jeune médecin reste un mystère irrésolu à ce jour. Mais les ondulations de son absence continuent à ébranler les fondations de la vie de tous ceux qui l'ont connu et aimé. Et peut-être qu'en les racontant, la mémoire de Brian Shaffer flottera encore, se tenant hors de portée du temps et de l'oubli.

« La réalité est caravane qui ne s'arrête point. L'homme est neige qui ne sait où la caravane fera halte. » -Meher Baba.

Comme le dernier glissement du sable à travers le sablier d'un temps fugace, l'histoire de Brian Shaffer boucle son cercle. Un cercle qui, malheureusement, tel un Ouroboros énigmatique, se mord la queue dans un cycle sans fin d'incertitude et de mystère. Brian Shaffer est entré dans l'inconnu une nuit de printemps 2006, et il semble qu'il y ait décidé de rester. Randy Shaffer, qui avait porté la lourde croix de la perte tout au long de sa quête pour trouver son fils, est décédé sept ans plus tard, dans un accident à la maison, avec la question non répondue sur la disparition de Brian, carrément secouée par des douleurs successives, a pris fin à bout de souffle, sans avoir jamais pu avoir un signe de son fils une dernière fois.

Alexis Waggoner, la petite amie de Brian, a pris le courage de guérir, de ramasser les morceaux brisés de son cœur et de se remettre lentement mais sûrement. Elle est devenue infirmière, puis a finalement trouvé l'amour à nouveau. Pourtant, jusqu'en 2008, plusieurs années après la disparition de Brian, elle continuait à appeler son téléphone, à l'écoute de la voix de son amour perdu dans l'obscurité oppressante de son absence. Sa voix, un souvenir lointain du passé, avait longtemps été réduite au silence.

Brian n'est jamais réapparu. Les portes du Ugly Tuna Saloona, témoins muets de l'épisode le plus troublant de l'histoire de Columbus, ont finalement été fermées en 2014. C'était peut-être le poids de l'ombre qui s'était installé ce soir fatidique. Une ombre qui, malgré le passage du temps, refusait obstinément de se dissiper, rappelant constamment la disparition inexpliquée de cet étudiant en médecine par une nuit imprégnée de mystère.

Cependant, malgré le temps qui a avancé à un rythme impitoyable, laissant derrière lui la douleur acéré du passé, la mémoire de Brian persiste. Sa présence se faufile encore à travers les intervalles du temps, résonne dans les cœurs de ceux qui l'ont aimé et connu, et hante les allées obscures du Ugly Tuna Saloona. Quant à ce qui est vraiment arrivé à Brian cette nuit-là, cela reste un mystère. Une énigme déconcertante qui semble défier les lois de la nature et le bon sens. Le visage souriant de Brian, capturé sur les caméras de vidéosurveillance juste avant de disparaître, est devenu l'image emblème d'une disparition qui continue de troubler l'imaginaire collectif.

Dans cette affaire, la plus grande énigme n'est pas tant ce qui est arrivé à Brian, mais plutôt pourquoi, dans une société avancée et interconnectée, une telle chose peut encore se produire. Comment quelqu'un peut-il simplement s'évanouir dans l'obscurité de l'inconnu, sans laisser la moindre trace de son passage ?

C'est une question obsédante qui nous rappelle à quel point nous sommes vulnérables face aux forces imprévisibles de la vie. Une question à laquelle nous n'avons pas encore de réponse. La trace la plus difficile à suivre est celle d'un homme qui marche seul. Brian Shaffer est cet homme. Brian Shaffer est la neige qui ne savait où la caravane ferait halte.

Et c'est dans le silence de cette neige que son histoire continue à se dérouler, un récit sans fin gravé dans le marbre glacé du mystère.

James E. Tedford : L'Introuvable de Bennington.

« Notre vie est un voyage constant, de la naissance à la mort, le paysage change, les gens changent, les besoins se transforment, mais le train continue. La vie, c'est le train, ce n'est pas la gare. » - Paulo Coelho

Le Vermont, 1er décembre 1949. La neige tombe doucement, recouvrant de son manteau blanc les routes sinueuses du comté de Bennington. Le carillon de l'église sonne 17 heures, résonnant à travers les collines endormies et annonçant l'arrivée de l'hiver. James E. Tedford arrive à la station de bus de St. Albans, s'engouffrant dans le véhicule chauffé pour échapper au froid mordant.

Né en 1890 à Franklin, Vermont, James E. Tedford, vétéran de la Première Guerre mondiale, est un homme simple qui a traversé les épreuves de la vie avec une sérénité stoïque. Après avoir combattu sur les fronts européens, il est rentré dans sa ville natale, où il vivait une vie humble et sans histoires.

Profitant de sa pension de retraite, Tedford a élu domicile à l'hospice des vétérans de Bennington, une institution bien respectée qui offre soutien et compagnie aux anciens combattants. C'est là que Tedford vit désormais, partageant des récits de guerre et de paix avec des camarades de la même époque.

Tedford est un homme prévisible qui aime assidûment suivre sa routine ; il se lève tôt, prend son petit déjeuner, lit le journal, et consacre la majeure partie de son temps aux autres pensionnaires de l'hospice. Ses voyages à St Albans, où réside sa famille, constituent la seule rupture de sa routine habituelle. Ils sont attendus et respectés, comme une sorte de pèlerinage fraternel qui lie le présent au passé.

Ce jour-là, cependant, quelque chose est différent. L'atmosphère dans le bus est lourde, pesante, presque électrique. Les passagers, chacun perdu dans ses propres pensées, jettent de temps à autre un regard furtif vers Tedford, qui semble totalement inconscient de l'atmosphère incongrue.

La route est longue, sinueuse, la neige rendant la progression du bus pénible et incertaine. Les heures passent lentement, les montagnes du Vermont défilent au rythme des battements de cœur des passagers à bord.

Le temps semble suspendu. Le chauffeur, un homme robuste habitué aux intempéries de l'hiver, est concentré sur la route glissante, augmentant la tension à bord du bus. Les passagers sont conscients de leur fragilité face à la force brute de la nature.
C'est dans ce véhicule, en route pour Bennington, que James E. Tedford disparait, laissant derrière lui un vide inquiétant. Sans prévenir, sans faire de bruit, presque comme si la terre avait soudainement décidé de l'avaler, Tedford n'était plus là.

Cette disparition, cette absence, marque le début d'une énigme qui bouleversera les esprits et passionnera des générations de chercheurs de vérité. Au cœur de ce mystère réside une question existentielle : comment un homme respectable et aimé de sa communauté peut-il tout simplement disparaitre sans laisser de trace dans un bus plein de témoins ?

Ainsi débute l'histoire de James E. Tedford, la mystérieuse énigme du Bennington.

« Nous sommes nos choix. » - Jean-Paul Sartre

Cinq jours avant son mystérieux voyage, le 26 novembre 1949 à exactement 10 heures du matin, James E. Tedford est assis à sa table habituelle dans la salle à manger de l'hospice. Il est en train de dévorer le journal local « The Bennington Banner ». Il a ses petites habitudes, ses rituels quasi sacrés.

Ce matin-là, il est plus agité que d'habitude. Une familiarité inquiète se lit dans ses yeux lorsque son regard se fige sur une nouvelle en particulier. Une jeune fille de Bennington, Paula Welden, avait disparu sans laisser de traces sur le Long Trail exactement deux ans plus tôt, le 1er décembre 1946. Tedford connaissait bien cette histoire. Il avait vaillamment participé à la recherche avec les autres vétérans.

Le 30 novembre 1949 à 16 heures 45, la salle de la télévision de l'hospice est remplie à ras bord. Tedford n'est pas là. Ce n'est pas dans ses habitudes de rater le bulletin d'informations du soir. Il a plutôt passé une grande partie de la journée enfermée dans sa chambre, une activité inhabituelle pour un homme d'habitude si sociable.

Le 1er décembre 1949 à 08 heures 30, il quitte l'hospice des vétérans avec une petite valise, se dirigeant vers l'arrêt de bus local. Il s'appuie sur sa canne, un cadeau de sa nièce à son retour de la guerre. Sa destination : St Albans, pour rendre visite à sa famille comme à chaque premier du mois.

À 11 heures du matin, le réceptionniste de l'hospice reçoit un appel de la famille de Tedford. Ils n'ont pas vu le vieil homme depuis quelque temps et s'inquiètent. Le réceptionniste leur assure qu'il n'a pas manqué son bus et arrivera tôt dans l'après-midi.

Du côté familiale, l'inquiétude grandit. Tedford, qui est fidèle comme une horloge suisse, n'est toujours pas arrivé. Et la neige qui tombe en continu n'apaise pas les craintes de ses proches.

À 15 heures, le bus quitte St Albans avec Tedford à bord. Il s'est arrêté dans une petite librairie et a acheté un roman policier avant de monter à bord. Les témoins incluent le chauffeur du bus et un couple de jeunes mariés qui se rappellent clairement du vieil homme, un livre à la main lors du départ.

Alors que le bus se remet en route vers Bennington, Tedford s'installe dans son siège, tout au fond du bus. Il enfile ses lunettes, ouvre son livre qu'il a acheté plus tôt et commence à lire. Autour de lui, les passagers s'installent pour le long trajet. Un père et son fils à l'avant, le couple de jeunes mariés un peu plus loin, une femme âgée avec son chien à ses pieds juste à côté de Tedford et le chauffeur du bus.

20 kilomètres séparent St Albans de Bennington. Le trajet dure environ une heure et demie. À 16 heures 30, le bus s'arrête pour une courte pause à une station de service. Tedford est là, perdu dans son livre, n'accordant aucune attention à l'arrêt.

À 16 heures 45, le bus se remet en route. Plus que 45 minutes et Tedford serait de retour à Bennington. Mais son retour n'aura jamais lieu...

Quand le bus arrive à Bennington à 17 heures 30, l'endroit réservé à Tedford se trouve vide. Ses effets personnels, notamment son manteau et sa valise, y sont toujours, mais lui n'est plus là. L'homme s'était évaporé sans laisser de traces. Le mystère du vétéran disparu commence ici, sur cette route enneigée du Vermont, dans un bus plein de témoins.

« La vérité est rarement pure et jamais simple. » - Oscar Wilde

Le soir tournait déjà à la nuit lorsque le bus de Tedford est arrivé à Bennington le 1er décembre 1949. Les passagers s'extirpent un à un du véhicule, leurs visages grelottants dévoilant leur surprise face à l'absence inexpliquée de l'homme à la petite moustache bien taillée. Le chauffeur du bus, un certain Frank Johnston, lui-même vétéran de la Guerre de Corée, fut le premier à contacter la police locale.

Vers 18 heures, les enquêteurs dépêchés sur place interrogent Johnston ainsi que les autres passagers du bus. Tous confirment les mêmes faits : Tedford était bel et bien dans le bus à leur départ de St Albans. Certains se souviennent même l'avoir vu pendant la pause à la station-service. Aucun ne se rappelle d'un quelconque incident ou même d'une simple altercation qui aurait pu perturber la monotonie du trajet. Cependant, aucun des témoins ne peut se rappeler exactement à quel moment Tedford a disparu.

Les jours suivants, l'enquête s'accélère. Le shérif local, un certain Robert Collins, organise des recherches dans la région, bien déterminé à résoudre cette affaire énigmatique. La famille de Tedford est interrogée, son comportement passé est épluché, chaque moment de sa journée et ses relations sont passés au peigne fin. Un profil psychologique de l'homme est même établi par un psychiatre réputé.

Durant toute ces procédures, aucune piste, aucune preuve concrète ne voit le jour. Pas de lettre, pas de revendications, pas d'ennemis, pas de problèmes émotionnels, ni même de contacts suspects. D'après sa famille et ses amis, il menait une vie simple et régulière, sans la moindre sournoiserie.

C'est au cœur de cet impasse que les théories les plus folles ont commencé à germer. Le premier étiage suggère que Tedford aurait été victime d'une amnésie soudaine ou d'un trouble dissociatif qui l'aurait poussé à quitter le bus. Cette hypothèse paraît logique mais ne résout pas le mystère de l'absence totale de trace. À moins qu'il ait trouvé refuge chez un habitant local, Tedford aurait certainement été confronté aux divers dangers de la nature environnante, et des signes de lutte ou d'agression se seraient fait remarquer.

Une seconde théorie fait référence à des phénomènes paranormaux. En effet, certains esprits superstitieux de la région évoquent un « Triangle des Bermudes terrestre », faisant allusion au nombre inhabituellement élevé de disparitions inexpliquées dans la région de Bennington entre 1945 et 1950. Tedford serait, selon eux, une victime de plus d'une force surnaturelle.

La troisième et dernière théorie attribue la disparition de Tedford à un enlèvement bien planifié. Alors que cette hypothèse a du mal à expliquer l'absence remarquable de bruit, de lutte ou même de témoin visuel ; elle reste, de loin, la plus crédible aux yeux approfondis des inspecteurs.

Au fil des semaines qui suivirent la disparition de James, malgré l'énergie déployée par les autorités locales et l'attrait médiatique autour du mystère, aucune évidence ne fut mise à jour. Le cas du vétéran disparu reste non résolu, l'homme et son mystère disparurent tranquillement en laissant derrière eux une sensation d'incompréhension et une multitude de questions sans réponses.

Son voyage demeure une partie intégrale des légendes de Bennington, une énigme qui continue à fasciner les esprits curieux, un chapitre roman noir dans l'histoire de Vermont. Alors que l'enquête officielle a depuis longtemps été classée, le mystère, lui, continue de vivre, se transformant, évoluant avec chaque nouvelle génération. L'histoire de James E. Tedford est, en effet, un voyage sans fin, dans les méandres de l'imagination humaine.

« Ce n'est pas la disparition de la personne qui fait le plus souffrir, c'est son absence indéfinie. » - Philippe Besson

Au fur et à mesure que les semaines se transformaient en mois, la disparition de James commença à s'imprimer de façon indélébile dans la conscience de la ville. Alors que les théories les plus folles circulaient et que son nom était sur toutes les lèvres, une réalité sombre et troublante s'installait : un homme avait disparu, et il laissait derrière lui un vide impossible à combler.

Au sein de l'hospice des vétérans, son absence était ressentie de manière poignante. Ses amis et camarades exprimaient souvent leur tristesse et leur incompréhension. Tedford n'était pas seulement un vétéran respecté, mais aussi une figure rassurante, le vieillard à la petite moustache qui semblait toujours avoir un mot gentil à dire. Des veillées étaient organisées en son honneur, durant lesquelles des projections de films de guerre étaient suivies de discussions passionnées et parfois houleuses sur la disparition de leur ami.

À St Albans, la famille de Tedford était plongée dans un désarroi profond et douloureux. Sa sœur aînée, sa nièce adorée, pleuraient un homme qui était pour eux bien plus qu'un oncle ou un frère. Pour eux, l'absence de Tedford était un rappel constant que leurs vies étaient hantées par un mystère insaisissable. La simple pensée de pouvoir un jour oublier son visage ridé par le temps ou le son de sa voix rauque et apaisante était pour eux bien plus atroce que sa disparition elle-même.

Dans le cœur des habitants de Bennington, le vieillard moustachu était devenu le symbole d'un malaise plus profond : la peur de l'inexpliqué, de l'invisible. Un frisson collectif parcourait la ville. Des réunions communautaires étaient organisées, des marches silencieuses en mémoire de Tedford défilaient dans les rues de la ville. Personne n'aurait pu anticiper l'ampleur de l'onde de choc provoquée par la disparition de cet homme humble et simple.

Les répercussions de sa disparition dépassent largement le cadre des relations personnelles. Ils se manifestent à un niveau sociétal et suscitent une prise de conscience collective. Un élan de solidarité se crée autour de ces disparitions, c'est la communauté dans son ensemble qui se mobilise.

La disparition de James E. Tedford reste l'une des énigmes les plus fascinantes et troublantes de l'histoire moderne. Au-delà du simple fait mystérieux, elle ouvre un champ de réflexions sur l'existence humaine, sur la fragilité de notre présence dans ce monde et sur le caractère éphémère de la vie. L'inexpliqué et le surnaturel ont longtemps fait partie du folklore américain. Mais dans le cas de Tedford, la réalité dépasse de loin la fiction. Son histoire fait écho à notre peur universelle de l'inconnu et du mystère. Elle contraint les individus à se confronter à leurs peurs les plus profondes, à ceux des ténèbres qui peuplent le monde au-delà de notre compréhension.

Son histoire, plus qu'une simple disparition, est devenue un symbole, un miroir à travers lequel nous reflétons notre propre finitude et nos peurs les plus ancestrales. Un homme est parti, laissant derrière lui un mystère toujours sans solution, un vide qui ne pourra jamais être comblé et une trace indélébile dans l'histoire de Bennington et dans l'esprit de ses habitants.

« On ne remplace pas un homme, on ne remplace que son absence » - Charles de Gaulle

Près de soixante-dix ans se sont écoulés depuis ce sombre jour de décembre 1949. La fleur de l'âge a laissé place à la blancheur des années sur les joues des habitants de Bennington, transformant des joues roses en toiles ridées marquées par le temps. La station-service où Tedford avait été vu pour la dernière fois a été remplacée par un centre commercial moderne, et le vieil hospice des vétérans a été transformé en musée historique.

Pourtant, malgré le passage des années, le mystère de James E. Tedford continue de planer sur la ville, un rappel poétique de l'incertitude de la vie et de notre insignifiance face aux caprices imprévisibles de l'existence. Les habitants de Bennington n'ont jamais oublié leur vétéran disparu. Sa légende s'est perpétuée de génération en génération, comme un feu de camp éternellement vivant, malgré les pluies et les vents du mystère.

Laissé à la discrétion de l'interprétation personnelle et des suppositions, chaque nouveau regard sur la disparition de Tedford apporte avec lui de nouvelles questions, de nouveaux scénarios et de nouvelles théories. La vérité, semble-t-il, se cache, à l'abri de nos yeux, se dérobant à chaque nouvelle tentative de percée.

Est-ce que Tedford s'est volontairement volatilisé pour embarquer sur une nouvelle vie, loin de sa morne routine ? A-t-il été victime d'une intervention surnaturelle, comme le suggèrent certaines théories ? Ou a-t-il succombé à une conséquence tragique et fatale d'une conspiration complexe et bien orchestrée ? Ces questions continuent de tourmenter les esprits les plus curieux, et le mystère se complique avec chaque nouvelle hypothèse.

Toutefois, au-delà de ce mystère durable, James E. Tedford a laissé un héritage significatif : un témoignage de la fragilité de l'existence et du pouvoir de l'inconnu qui plane sur nos vies. Sa disparition, bien qu'incompréhensible et terrifiante, a inspiré de nombreuses générations à chercher des réponses, à questionner l'existence et à se confronter à l'inévitable incertitude de notre destinée.

En définitive, l'incident du bus de Bennington n'est pas simplement l'histoire de la disparition d'un homme ; c'est un mystère qui nous appelle à explorer notre humanité, notre vulnérabilité et notre quête perpétuelle de compréhension. Alors que Bennington continue son voyage à travers le temps, le mystère de James E. Tedford persiste, nous rappelant que nous sommes, à la fin, tous des passagers dans ce voyage incertain qu'est la vie.

La disparition de Tedford reste entourée de mystère. Les tentatives d'explication et les théories ont échoué à donner une réponse satisfaisante à ce qui est arrivé au vétéran le 1er décembre 1949. Malgré tout, son histoire continue de captiver, de fasciner et de constituer une grande énigme dans l'histoire des disparitions non résolues.

Maura Murray : La Route de l'Énigme.

« Ce sont parfois les gens que personne n'imagine capable de rien qui font les choses que personne n'imagine. » - Alan Turing

Les calendriers accrochés dans les halls universitaires marquent le 9 février 2004. Une couche de neige fraîche complète le décor hivernal typique du Massachusetts, berceau de l'Université du Massachusetts d'Amherst, le deuxième plus grand campus du Commonwealth. Le cliquetis des claviers et le bruit des conversations animées se fondent dans le fond ambiant des lieux, une cacophonie de vie.

Au milieu de ce tumulte d'activité se trouve une jeune femme - Maura Murray. Étudiante infirmière de 21 ans, aux longs cheveux châtains et aux yeux bleus, pétillants d'intelligence et de curiosité. C'est une élève assidue, qui jongle avec brio entre ses responsabilités académiques et son travail à l'hôpital de l'université. Sportive accomplie, elle est reconnue en grand athlète aux prouesses endurantes. C'est une amoureuse de la nature, souvent aperçue en train de courir sur les sentiers enneigés entourant le campus. Pour ses amis, ses professeurs et ses collègues, Maura semble équilibrée, ordonnée, sur le point de mener une vie normale.

Cependant, dans seulement quelques jours, la vie normale de Maura Murray va devenir tout sauf ordinaire. Le monde entier serait témoin du mystère grandissant autour de son existence.

Le 9 février 2004, vers 19h30, un voile de mystère s'abattait sur la Route 112 dans le New Hampshire. Un accident de voiture s'était produit, laissant une vieille Saturne encastrée dans un talus de neige. La conductrice de ce véhicule est identifiée comme étant Maura Murray. Cependant, alors que les secours arrivent sur place, ni Maura, ni aucun indice de sa présence à proximité du véhicule ne sont trouvés. C'est comme si elle s'était volatilisée dans l'hiver figé du New Hampshire.

La petite route de campagne près de Woodsville, où l'accident s'est produit, est loin de l'université de Maura et ne correspond pas à son trajet quotidien. Alors, d'où venait-elle ? Et surtout, où allait-elle ?

Les premières investigations révèlent des détails encore plus troublants. Avant son départ, elle a vidé son compte en banque, emballé ses affaires de son dortoir, et envoyé un courrier électronique à ses professeurs et son employeur expliquant qu'elle serait absente pour une semaine en raison d'un décès imaginaire dans la famille.

Les questionnements se multiplient et ajoutent une profondeur supplémentaire au mystère de Maura Murray. Sa disparition soulève des interrogations, crée des incertitudes et des mystères qui, à ce jour, reste inentamés. Les événements qui allaient suivre cette soirée d'hiver, l'enquête fastidieuse et les impacts dévastateurs sur la vie de ceux qu'elle a laissés derrière elle, nous conduiront dans une descente vertigineuse au cœur de l'énigme de la disparition de Maura Murray.

Malgré toute la technologie et les avancées scientifiques de notre siècle, l'humanité reste confrontée à des mystères insondables, à des tragédies qui défient l'explication logique. Et parfois, même les êtres humains semblent se dissoudre dans ce tissu mystérieux, et s'évanouissent sans laisser de trace. Ainsi commence notre quête de vérité dans l'histoire de Maura Murray, un voyage sombre et tortueux à travers les couloirs de l'inconnu. Nous sommes ensemble, au seuil de notre exploration, face à la disparition mystérieuse de celle qui, un jour, se ressemblait à une étudiante normale du Massachusetts.

« La personne la plus facile à tromper est soi-même. » - *Richard P. Feynman*

Décrypter Maura Murray requiert de faire machine arrière, de revenir aux origines d'une vie qui semblait, en apparence, banale et sans péripéties. Née le 4 mai 1982 dans une famille de cinq enfants, Maura grandit dans la petite ville de Hanson, Massachusetts. Son père, Fred Murray, la décrit comme une fille pétillante, ambitieuse et laborieuse. Les exploits athlétiques de Maura arborent fièrement le mur du salon familial, des trophées de courses à pied qu'elle a remportés depuis son plus jeune âge.

Elle finit l'école secondaire avec les honneurs et s'inscrit à West Point, prestigieuse académie militaire, pour étudier la médecine nucléaire. Là, le rythme militaire strict commence à peser sur elle et elle choisit de transférer ses crédits à l'Université du Massachusetts Amherst pour se concentrer sur les soins infirmiers. À Amherst, elle trouve son équilibre entre les études, la course à pied, et un emploi à l'hôpital de l'université.

Son histoire prend une dimension plus inquiétante en novembre 2003. Étonnamment, Maura a été arrêtée pour utilisation de la carte de crédit reçue par courrier de quelqu'un d'autre. Maura accepte sans protestation les accusations et rejoint un programme de probation. Sa réaction semble étrange pour une personne ayant des ambitions, mais trouvera de la logique avec l'énigme de sa disparition.

Revenons à la suite des évènements qui se sont produits peu avant sa disparition. Le jeudi 5 février 2004, Maura parle à son père au téléphone prévoyant une visite le week-end à Amherst. Fred Murray arrive le vendredi, ils passent la journée ensemble, font du shopping pour une nouvelle voiture car celle de Maura montrait des signes de faiblesse. Le samedi 7 février, ils dînent ensemble puis Fred retourne à son hôtel, laissant sa voiture à Maura pour qu'elle puisse sortir avec des amis.

La soirée tourne mal lorsque Maura, conduisant la voiture de son père, a un accident à 3 heures du matin, près du dortoir. Bien que personne ne soit blessé, la voiture est endommagée. Fred fait remorquer la voiture et repart à sa maison en se faisant promettre par Maura qu'elle fera le nécessaire pour le rapport d'accident.

La prochaine chose que nous savons, c'est que le lundi 9 février à 15h40, Maura envoie un courriel à ses professeurs et son employeur déclarant une urgence familiale et qu'elle sera absente pour une semaine. À cette heure, Maura est vue quittant le campus dans sa Saturne, apparemment fonctionnelle. C'est la dernière fois qu'elle est vue à Amherst.

Plus tard le même jour, à environ 19h30, Maura a un autre accident - cette fois sur la Route 112 dans le New Hampshire. L'accident intervient près de l'entrée de la White Mountain National Forest, un paysage isolé loin de son université. Lorsque les services d'urgence arrivent vers 20h, Maura n'est pas là. Elle a disparu.

En dépit de ces détails publics, beaucoup de questions demeurent sans réponses. Pourquoi Maura a-t-elle soudainement quitté Amherst sans informer personne de ses plans ? Pourquoi mentir sur une urgence familiale ? Pourquoi se rendre dans les montagnes blanches en plein hiver ? Qu'est-ce qui a conduit Maura sur cette route isolée ? Et surtout, que lui est-il arrivé à après l'accident sur la Route 112 ?

Pourtant, même en plaçant les événements dans l'ordre chronologique, des vides grandissent, des zones d'ombres, qui ne font qu'ajouter au mystère de la disparition de Maura Murray. Nous continuons notre descente dans ce mystère en nous tournant maintenant vers l'enquête, dans une tentative de mettre la lumière sur ce qui a pu se passer.

« Méfiez-vous des certitudes, c'est souvent elles qui nous perdent. » - Alfred Capus

L'enquête sur la disparition de Maura Murray commence rapidement. Dès le jour suivant son accident sur la Route 112, la police locale et le service des pêches et de la faune commence une recherche dans les bois environnants, mais sans succès. Le 11 février, le New Hampshire Fish and Game mobilise une équipe de secouristes équipée d'un hélicoptère et de chiens de recherche. Toutefois, aucune trace de Maura n'est détectée. Un survol aérien de la région avec un hélicoptère équipé d'une caméra à vision thermique ne révéla rien non plus. L'enquête officielle sur Maura Murray est lancée, ajoutant une nouvelle couche de mystère à l'énigme de son inexistence soudaine.

Dans le même temps, la famille Murray mène une quête désespérée pour retrouver leur enfant. Ils effectuent plusieurs recherches autour de la zone de l'accident, mais ne trouvent aucun signe d'elle. Les efforts pour capter l'attention des médias font finalement ressortir l'affaire, générant une grande quantité de couverture médiatique. L'histoire de la jeune étudiante devient une cause célèbre, avec des milliers d'internautes partout dans le monde discutant de sa disparition et offrant leurs propres théories.

L'une des premières théories concerne une possible fugue de Maura. Avant son départ, elle avait vidé son compte en banque et pris toutes ses affaires, laissant penser qu'elle planifiait de partir. Cependant, cette théorie ne tient pas compte des risques que Maura prendrait par une telle action, surtout étant une étudiante sans antécédents criminels.

Une autre théorie plus sombre suggère que Maura aurait pu être enlevée la nuit de l'accident. Cependant, aucune preuve ne soutient cette idée. De plus l'emplacement de l'accident se trouve dans une région rurale peu peuplée, ce qui rend le scénario de l'enlèvement improbable.

L'option du suicide est également évoquée. Les comportements étranges de Maura avant sa disparition (l'histoire fabriquée de la mort familiale, le retrait de tout son argent de la banque...), son accident de voiture quelques jours plus tôt et son stress personnel semblent suggérer qu'elle avait pu être désespérée. Cependant, cela reste une spéculation, et la famille et les amis de Maura insistent sur le fait qu'elle ne montrait pas de signes évidents de dépression ou de désir de se suicider.

Puis, il y a l'hypothèse des « facilitateurs ». Il s'agit d'individus qui aide une personne à disparaître délibérément et à construire une nouvelle vie. C'est une théorie controversée et largement réfutée puisque personne n'a jamais pu confirmer la présence d'un « facilitateur » dans la vie de Maura.

Malgré de nombreux examens attentifs des preuves et des témoignages, aucune théorie n'a réussi à percer le mystère de ce qui est arrivé à Maura Murray. L'enquête a soulevé plus de questions qu'elle n'a apporté de réponses, rendant l'énigme de sa disparition encore plus profonde.

Son absence continue de hanter ses proches et la communauté qui s'est investi dans sa recherche. Les répercussions émotionnelles sont profondes, et les spéculations sur la vérité derrière sa disparition restent un sujet de débat constant. La question persiste : qu'est-il vraiment arrivé à Maura Murray le soir du 9 février 2004 sur cette route solitaire du New Hampshire ?

La réponse à cette question demeure insaisissable, dissimulée dans les couches de mystère qui entourent la vie et la disparition de Maura Murray. Le mystère persiste, en attente de résolution, comme un livre resté trop longtemps ouvert. Alors que nous nous tournons vers l'avenir, l'esprit de Maura Murray reste vivant dans la mémoire collective, un rappel de la fragilité de nos vies et de la profondeur des secrets que nous gardons.

« Quand quelqu'un a disparu, l'absence se mue en présence, presque aussi forte et parfois plus saisissante que sa présence lorsqu'elle était visible. » - *Kōbō Abe*

Sa disparition ne laisse pas que des traces dans les archives de la gendarmerie du New Hampshire et sur les fils d'actualité du monde entier. Elle laisse aussi dans son sillage un cercle de personnes, d'instants et de lieux, tous différents et pourtant réunis par la présence spectrale de cette jeune femme disparue.

Le premier cercle de l'impact, c'est la famille. Pour Fred Murray, le père de Maura, cette soudaine et inexplicable disparition de sa fille catalyse non seulement une quête désespérée pour la vérité mais encrasse aussi une douleur qui ne se cicatrisera jamais. Il s'exprime régulièrement dans les médias, insiste pour que l'affaire reste ouverte et continue de faire pression pour d'autres recherches.

Kathleen et Julie, les sœurs de Maura, ont également vu leur vie marquée au fer rouge par la disparition de leur petite sœur. Elles gardent l'espoir que Maura soit encore en vie, accrochées à l'idée qu'elle puisse choisir de revenir. Leur douleur est exacerbée par les projecteurs médiatiques braqués sur leur famille, transformant une tragédie privée en spectacle public.

Il y a aussi Billy Rausch, le petit ami de Maura à l'époque de sa disparition. Loin de rester inerte, Billy se rend sans tarder sur les lieux de l'accident et participe activement aux recherches. Même après plusieurs années, Billy garde le souvenir vivant de Maura, alimentant un feu d'espoir qui ne s'éteint jamais entièrement. Un amour de jeunesse devenu fantôme, oscillant entre souvenir et espoir.

L'impact de la disparition de Maura s'étend ensuite à la petite communauté de Haverhill, dans le New Hampshire. L'accident et la disparition subséquente de Maura sur la Route 112 ont non seulement bouleversé la tranquillité rurale de cette petite ville, mais ont également semé une graine d'angoisse et de perplexité qui se propage insidieusement.

Pour une communauté habituée à la convivialité des relations de voisinage, le mystère qui a enveloppé la Route 112 ce soir-là de février 2004 est une anomalie déstabilisante. Malgré le passage des années, l'écho de la disparition de Maura Murray continue de résonner dans la conscience collective, transformant un lieu autrefois banal en un point d'interrogation géographique qui hante la mémoire de la ville.

Enfin, il y a nous. Les anonymes qui n'ont jamais connu Maura, qui n'ont de lien avec elle que le fil mince et fragile de cette histoire. C'est peut-être ici que l'impact est le plus paradoxal : car si nous ne faisons que passer dans l'histoire de Maura, son histoire, elle, s'installe en nous.

C'est une histoire vieille comme le monde, celle de la personne disparue. Mais il y a quelque chose dans ce récit qui éclaire notre fascination pour l'inexpliqué.

Peut-être, au fond, sommes-nous tous un peu comme Maura : des êtres humains, à la fois visibles et cachés, présents et insaisissables. Notre existence est un tissu complexe de réalités tangibles et de mystères intérieurs, une énigme que nous passons toute notre vie à essayer de résoudre.

En concluant cette partie de l'histoire, nous réalisons que la disparition de Maura Murray est bien plus qu'un mystère non résolu : c'est une énigme humaine, un miroir dans lequel nous pouvons apercevoir les défis et les mystères de notre propre existence. Pendant que nous la cherchons, nous nous cherchons peut-être nous-même. Qui sait ce que nous trouverons ?

« Au cœur des ombres d'une question sans réponse, il y a toujours une lumière, une idée de vérité. » - j.d. Stroube

Nous arrivons maintenant à la dernière résonance de notre récit, le dernier carrefour de notre route. Pourtant, même de ce point, la vérité reste insaisissable. Le mystère de la disparition de Maura Murray persiste, enveloppé dans des rais de suppositions, d'incertitudes et d'inconnu. Cette histoire, notre histoire, ne se conclut pas. Elle perdure dans le brouillard des non-dits, attendant tranquillement le jour, si jour il y a, où la vérité sera enfin révélée.

La triste réalité est qu'à l'heure de la clôture de ce récit, Maura Murray reste introuvable. Sa trace est perdue depuis ce fatidique soir de février 2004 sur la Route 112. Tout ce qui reste, c'est une vieille voiture, une Saturne, éraflée et cabossée, encastrée dans un banc de neige du New Hampshire.

Toutes les investigations, tous les efforts, toutes les heures passées à enquêter, à chercher, à se demander - n'ont rien donné. Aucune réponse définitive. Aucune résolution. Seulement des théories, des suppositions et des spéculations qui ont alimenté le mystère plutôt que de le résoudre.

Peut-être Maura a-t-elle choisi de disparaître et a réussi à commencer une nouvelle vie ailleurs ? Peut-être a-t-elle rencontré un danger inattendu sur cette route froide et isolée ? Peut-être les bois environnants abritaient-ils plus de secrets qu'il n'y paraissait ? Malgré toutes nos questions, tous nos doutes, toutes nos suppositions, nous ne parvenons pas à trouver une réponse convaincante.

Pendant ce temps, la vie poursuit son cours, indifférente à notre confusion. Les saisons changent, le monde tourne, et la Route 112 reste, un ruban silencieux de bitume qui s'étire à travers les montagnes du New Hampshire. Un symbole solitaire de ce mystère non résolu.

On se dit que la disparition de Maura Murray est peut-être plus qu'un simple cas non résolu. C'est un rappel constant de l'incertitude qui caractérise notre existence. Un miroir dans lequel se reflète l'étrangeté de la nature humaine et la manière étrange dont les événements peuvent se nouer pour former une énigme apparemment insoluble.

Alors, en fin de compte, que retenons-nous de son histoire ? Un mystère obsédant ? Un vide douloureux ? Un appel à la recherche constante de la vérité, quelle qu'elle soit ?

Peut-être tout cela. Et peut-être aussi, au fond, Maura Murray n'est-elle pas vraiment perdue. Peut-être est-elle toujours là, quelque part, dans le souffle du vent qui balaye la Route 112, dans le murmure des arbres qui bordent cette route isolée, dans le chuchotement des secrets que nous gardons.

Ou peut-être n'est-elle que le reflet de notre propre énigme, une échappée fugace dans le miroir de nos mystères. Qui sait ? Les réponses résonnent dans l'écho silencieux de son absence. Et là, quelque part dans ce silence, Maura Murray continue de vivre.

Ray Gricar : Le Procureur Évaporé.

« La chose la plus terrifiante qui peut arriver à un être humain est la disparition subite et inexpliquée d'une personne aimée sans avertissement ou justification. » - Inconnu

C'était le vendredi 15 avril 2005, une journée printanière comme les autres en Pennsylvanie. Les cerisiers étaient en pleine floraison, la brise était douce et le ciel d'un bleu clair donnait à la journée une légèreté particulière. Mais c'est précisément ce jour-là, dans ce cadre paisible et idyllique, qu'une disparition mystérieuse alla semer le chaos dans toute la région : Ray Frank Gricar, un procureur de district estimé et respecté, s'évanouit dans la nature.

Ray Gricar n'était pas seulement un procureur de district compétent, il était aussi un symbole de justice et d'intégrité pour les habitants de l'État de Pennsylvanie. Âgé de 59 ans, il avait consacré sa vie à défendre et à maintenir la loi, à lutter contre le crime et à protéger les innocents. Il avait une personnalité forte et charismatique, une présence qui imposait le respect dans les corridors du tribunal. En dehors de sa carrière remarquable, il menait une vie plutôt discrète et privée, vivant une relation stable avec sa compagne Patricia Fornicola ; un contraste frappant avec sa haute stature publique.

Ce jour-là, Gricar avait prévu de prendre une « journée de congé » pour faire un tour en voiture. Il était environ 11h30 du matin lorsque Gricar avait appelé Fornicola depuis la route, lui disant qu'il se dirigeait vers le village pittoresque de Lewisburg. Lewisburg était une charmante bourgade connue pour ses antiquaires, son atmosphère tranquille et sa proximité avec la rivière Susquehanna qui serpentait non loin. Pourquoi avait-il choisi ce lieu en particulier pour sa journée de congé ? C'était une question qui marquerait les esprits et hanterait l'opinion publique dans les mois à venir.

Les heures passaient et Gricar ne rentrait toujours pas. La nuit commença à tomber, et l'inquiétude grandissait. Fornicola, de plus en plus anxieuse, rapporta sa disparition aux autorités vers 23h30, soit environ 12 heures après leur dernier appel. Cette disparition spontanée d'un homme public aussi respecté créa immédiatement une onde de choc dans la communauté.

Le lendemain, une découverte macabre vint alimenter le mystère. La voiture de Ray Gricar, une Mini Cooper rouge, fut retrouvée dans un parking près de la rivière antique de la ville de Lewisburg. Les enquêteurs n'y trouvèrent aucun signe de lutte ou de vol. Le véhicule était intact, sauf un détail qui captiva l'attention des enquêteurs : l'absence du téléphone cellulaire de Gricar et de son porte-documents.

Cette disparition soudaine et inexplicable d'un personnage aussi public et respecté que Ray Gricar plongea toute la région de la Pennsylvanie dans un véritable tourbillon de mystère et d'incertitude. Les événements du 15 avril allaient marquer le début d'une décennie de questions sans réponses, de pistes mortes et de théories du complot, le tout baigné dans un sentiment d'irréalité palpable.

« Des questions sans réponses sont le fardeau incessant de la perte. » - Ranata Suzuki

Ray Frank Gricar était un homme aux multiples facettes. Décrire seulement son image publique serait une omission de sa vraie nature, un homme complexe, discret, mais d'une grande détermination. Ses yeux aux reflets azur reflétaient la vigueur de sa pensée et la fermeté de ses convictions. C'était un homme dévoué à son travail qui avait choisi d'y consacrer sa vie, se définissant lui-même comme un « solitaire de carrière ».

Il était né le 9 octobre 1945, dans la petite ville de Cleveland, Ohio. Ses parents étaient des immigrants slovènes qui ont inculqué à Gricar le sens du devoir et une éthique de travail solide. Il était un homme de caractère, qui portait toujours une cravate et un costume dans le cadre de sa fonction de procureur de la République.

La relation entre Ray Gricar et sa compagne de longue date, Patricia Fornicola, était la seule qui semblait échapper à sa nature solitaire. Patricia était aussi sa secrétaire et partageait sa vie depuis 1991. Ils vivaient ensemble dans la tranquillité de la petite ville de Bellefonte, en Pennsylvanie. Le couple menait une vie discrète sans enfants, un mélange d'intimité et d'engagements professionnels.

Malgré sa carrière engagée et respectée, le mystère plane autour de Gricar et de sa vie privée. Était-il vraiment aussi seul qu'il semblait l'être ? Ce genre de questionnement était-il pertinent dans la recherche de la vérité sur sa disparition ? Les réponses restent en suspens.

Glissons-nous maintenant vers la chronologie des événements jusqu'à la disparition de Gricar. Le matin du 15 avril 2005, il avait décidé de prendre une journée de congé, peut-être pour se ressourcer ou tout simplement pour profiter du beau temps. La dernière conversation téléphonique connue de Gricar était avec Fornicola. Il l'avait appelée vers 11h30 pour lui dire qu'il partait pour Lewisburg.

À 17h, Fornicola tente d'appeler Gricar sur son cellulaire, mais l'appel bascule directement sur la messagerie vocale. Ne recevant pas de rappel de sa part, c'est l'inquiétude qui l'emporte sur le calme de leur habitude. Vers 23h30, craignant le pire, Fornicola signale la disparition de son mari.

Le lendemain, autour de 17h, une Mini Cooper rouge fut retrouvée dans un parking près de la rivière Susquehanna à Lewisburg. Les portes n'étaient pas verrouillées et le véhicule était propre, rien ne semblait avoir été pris ou dérangé. Seul le porte-documents de Gricar et son téléphone cellulaire manquaient à l'appel. Il était évident que quelque chose d'inhabituel et inquiétant s'était produit, mais quoi ? Comment un homme aussi haut placé et responsable que Ray Gricar a-t-il pu disparaître en plein jour, sans laisser la moindre trace ? La perplexité et l'angoisse commencent à prendre place sur les personnes impliquées dans l'affaire. Le mystère de la disparition de Gricar ne fait alors que commencer.

Il est souvent dit que « la vérité se cache dans les détails », et dans le cas abrupt de la disparition de Ray Gricar, chaque détail comptait. Dès le début de l'enquête, les autorités furent confrontées à une marée d'informations contradictoires, d'oscillations dans le temps et d'indices obscurs qui rendaient d'autant plus difficile l'éclaircissement de la vérité.

La scène principale du crime était la voiture de Ray Gricar, une Mini Cooper rouge, retrouvée le 16 avril 2005 vers 17h dans un parking près de la rivière antique de la ville de Lewisburg. À première vue, le véhicule était intact et ordonné. L'absence de traces de lutte ou de vol écartait la possibilité d'un enlèvement ou d'une agression violente.

Cependant, il manquait deux éléments essentiels : son téléphone portable et son porte-documents. Côtoyant l'ordinaire, ce détail attisa l'intérêt des enquêteurs. Était-ce un acte délibéré de la part de Gricar pour brouiller les pistes ? Ou bien, devaient-ils interpréter cela comme un signe d'un agresseur potentiel voulant éviter d'être tracé ?

Fournissant un autre témoin à l'énigme, le 4 juillet 2005, presque trois mois après la disparition de Gricar, on trouva son disque dur appartenant à son ordinateur portable, dans la rivière Susquehanna. Malheureusement, les données étaient irrecouvrables, ajoutant un autre voile sur le mystère de la disparition de Gricar.

D'innombrables théories ont été avancées pour expliquer sa disparition. Certaines supposent qu'il s'est suicidé, une hypothèse plausible compte tenu du fait que son propre frère s'était suicidé en 1996, une tragédie que Gricar avait semblé prendre de plein fouet. D'autres encore suggèrent qu'il avait été la victime d'un kidnapping. Cependant, aucune demande de rançon n'a jamais été faite.

Certaines de ces théories ont conduit les enquêteurs dans des directions étranges et inattendues. L'une des plus intrigante est le lien avec le tristement célèbre scandale de l'Université de l'État de Pennsylvanie, impliquant l'ancien entraîneur de football Jerry Sandusky. En 1998, Ray avait décidé de ne pas poursuivre Sandusky malgré les allégations d'abus sexuels sur des enfants. En 2011, Sandusky fut finalement arrêté et condamné, mais la question demeurait : Gricar avait-il été tué pour avoir été témoin de choses qu'il n'aurait pas dû voir ?

Une autre piste, tout aussi farfelue, suggère qu'il aurait été enlevé par un gang de motards en raison de son implication dans des poursuites majeures contre des groupes de motards criminels.

Cependant, malgré des hypothèses allant de la plus plausible à la plus extrême, aucune n'a pu être prouvée avec certitude. À ce jour, chaque théorie reste une spéculation, mettant en évidence la complexité de cette affaire sans précédent. Les enquêteurs ont mené des dizaines d'entretiens, suivi des milliers de pistes et utilisé tous les moyens de la technologie moderne pour tenter de résoudre le mystère. Pourtant, douze ans après la disparition de Ray Gricar, l'énigme reste entière.

Le 25 juillet 2011, la cour du comté de Centre a déclaré l'homme légalement mort, sur la demande de sa fille Lara, mettant ainsi fin à une enquête qui avait englouti des milliers d'heures et de dollars. Mais malgré cette proclamation légale, le mystère de sa disparition reste vivant et demeure, pour sa famille, ses amis et le public, une blessure ouverte qui ne se ferme pas.

« Dans la vie de chaque homme, il y a une ligne qui divise le passé du futur, le bonheur du malheur, la lumière de l'obscurité. Pour Ray Gricar, cette ligne a été franchie le 15 Avril 2005, coupant en deux la vie de tous ceux qui l'entouraient. » - Anonyme

Si la disparition énigmatique de Ray Gricar a été un choc pour les habitants de la Pennsylvanie et du pays tout entier, ces ondes de choc ont surtout été ressenties par ceux qui connaissaient personnellement le procureur de district. Les conséquences émotionnelles ont été dévastatrices pour sa compagne, Patricia Fornicola, qui a signalé sa disparition et a dû faire face à la réalité brutale que l'homme qu'elle aimait n'était plus là. Sa vie a été marquée par l'attente, l'incertitude et le chagrin.

Sa fille, Lara, a également été profondément affectée. Elle a grandi en admirant son père, respectant profondément son engagement envers la justice et l'état de droit. Sa disparition a laissé un vide profond dans sa vie. En 2011, après plusieurs années de confusion, c'est elle qui a demandé que son père soit déclaré légalement mort. Cela a été pour elle une épreuve aussi cruelle qu'inévitable, un adieu formel à une paternité déjà partie.

Les employés du bureau du procureur du comté de Centre, où Ray a exercé près de 20 ans, ont été déconcerté par sa disparition subite et inexpliquée. Ils se rappellent un homme courageux, dévoué et intellectuellement brillant. Pour eux, le 15 avril 2005 n'était pas simplement la date de la disparition de leur procureur de district, mais celle de l'évanouissement d'un mentor, d'un ami et d'un guide.

L'impact sur la communauté de Bellefonte et plus largement de la Pennsylvanie a été tout aussi significatif. L'homme respecté, l'incarnation de la justice dans le comté, le visage public de la loi, s'est transformé du jour au lendemain en une figure de mystère et d'incertitude. Dans les mois qui ont suivi, la méfiance s'est installée, donnant naissance à de nombreuses théories du complot et exacerbant les craintes de la population.

La disparition de Ray Gricar a aussi jeté une ombre sur la perception publique des institutions chargées de faire respecter la loi. Comment une figure aussi en vue et protégée pouvait-elle disparaître sans laisser de trace, en plein jour et sans témoin ? Si cela pouvait arriver à un procureur de district respecté, qu'en était-il du citoyen ordinaire ? Cela a remis en question la notion même de sécurité, de justice et d'équilibre social, bouleversant la confiance des citoyens dans leurs institutions.

D'une manière plus large, la disparition de Gricar a posé de profondes questions éthiques et philosophiques. Quelle est la limite de la liberté individuelle face à la responsabilité publique ? Un homme a-t-il le droit de disparaître, quelle que soit sa position sociale ? Et jusqu'où une communauté ira-t-elle pour trouver la vérité ?

S'enfonçant toujours plus profondément dans la noirceur du mystère de la disparition de Gricar, la communauté de Bellefonte, la Pennsylvanie et même les États-Unis tout entier ont dû faire face à des vérités inconfortables sur leurs propres attentes, leurs peurs et leur besoin de résolution.

Dans ce tourbillon d'impact et de réflexion, la vérité sur la disparition de Ray Gricar reste insaisissable. Son absence continue de hanter ceux qui le connaissaient, d'intriguer ceux qui enquêtent sur son mystère et d'interpeller ceux qui cherchent à comprendre la signification plus large de son énigmatique destinée. Passant d'une lumière brillante à une ombre insaisissable, le respecté procureur de district est devenu un symbole de l'inconnu, une énigme saillante dans le labyrinthe de la condition humaine.

« Dans l'obscure lumière de la vérité, même les ombres disparaissent. » - Sophocle

Nous voici, plus de dix-neuf ans après ce printemps fatidique de 2005 et le mystère qui entoure la disparition de Ray Frank Gricar semble aussi indécis et indéchiffrable qu'au premier jour. Malgré l'examen minutieux des preuves, l'acharnement des enquêteurs et l'indignation publique, les énigmes soulevées par cette absence restent sans réponses.

La trouvaille ultérieure du disque dur de Gricar dans la rivière Susquehanna en juillet 2005 n'a fait qu'approfondir l'énigme. Après de longs mois de récupération des données, les experts ont finalement conclu qu'il avait été intentionnellement effacé avant son abandon, un acte qui ne fait qu'ajouter un autre tour à cette spirale de mystère.

En 2014, neuf ans après la disparition de Gricar, son nom réapparaît dans les médias lorsque les autorités révèlent que la piste d'une femme brune aperçue à plusieurs reprises près de sa voiture le jour de sa disparition a été explorée, mais n'a jamais abouti. Une autre piste morte pour une enquête déjà jonchée de fins abruptes.

L'ombre de Ray Gricar plane toujours sur la Pennsylvanie. Son absence, indélébile, persistante, a transformé son statut de serviteur de la justice en assise pour de multiples théories du complot, une idolâtrie de l'inconnu qu'il est devenu.

Alors que le temps passe, que les souvenirs se fanent et que les personnages de cette histoire continuent leur vie dans un monde désormais dépourvu de sa présence, le mystère de la disparition de Ray Gricar demeure, telle une épitaphe sans mots sur une tombe anonyme. Il continue d'inciter à la réflexion, de susciter des questions, de défier le concept de résolution. Il reste un rappel constant de l'impénétrable obscurité qui peut se cacher derrière même le visage le plus public.

Finalement, cette histoire ne cherche pas tant à fournir des réponses, mais plutôt à témoigner de l'incroyable capacité de l'humanité à affronter l'inconnu. Nous désirons la vérité et recherchons la résolution, mais nous ne trouvons souvent que des questions supplémentaires. Et si la véritable histoire n'est pas tant ce qui est arrivé à Ray Gricar, mais plutôt ce que son absence a révélé sur nous-mêmes, notre quête de connaissance et notre rapport à l'inexpliqué ?

Alors que la fin de cette histoire reste hors de portée, absorbée dans le brouillard de l'inconnaissable, nous nous trouvons obligés de nous confronter aux vérités que nous avons découvertes en cours de route. Dans la mystérieuse disparition de Ray Frank Gricar, comme dans toutes les énigmes non résolues, se trouve un reflet de notre propre humanité, de notre intensité, de notre imperfection, des ombres que nous projetons et des lumières que nous cherchons.

Et peut-être qu'alors, nous pourrons comprendre que l'absence de résolution est, en soi, une résolution. Que le mystère est parfois la réponse. Que dans le silence, dans ce que nous ne savons pas, se trouve une vérité plus grande que celles que nous comprenons. Ray Frank Gricar a disparu ce jour d'avril 2005, mais dans son absence, il est devenu présence, symbole d'une énigme qui reste à résoudre.

Lars Mittank : Le Mystère de la Disparition à l'Aéroport.

« Dans chaque fin, il y a un commencement. Pour chaque absence, il y avait une présence. Et derrière chaque mystère, se trouve une histoire. » - Lawrence Block

L'histoire de Lars Mittank débute durant l'été 2014. Cette année-là, à la même période, le monde du football était en effervescence. La Coupe du monde battait son plein au Brésil, et en Allemagne, les fans de football, Lars inclus, vibraient au rythme des matchs orchestraux. Lars, 28 ans, avait une vie ordinaire, travaillant comme ouvrier dans une usine, donnant tout de lui-même durant la semaine pour savourer chaque minute du week-end, spécialement les matchs de football. Il était décrit par ses proches comme un jeune homme calme, avenant et fiable, plaisantant toujours sur le sujet de son affection pour le Werder Bremen, son équipe de football préférée.

C'est dans ce contexte de passion partagée et d'insouciance estivale que Lars décida de partir pour des vacances avec des amis. Le réseau des vols les mena vers une destination réputée pour sa vie nocturne vibrante, et pourtant pas connue pour son football : Varna, la plus grande ville côtière de la Bulgarie, blottie le long des eaux turquoise de la mer Noire.

Leur arrivée à Varna le 30 juin était un mélange de rires et de bruits de sacs en plastique froissés, une déferlante de jeunes hommes excités profitant de la liberté que leur procurait cette escapade du quotidien. Frappés par le charme balnéaire de la ville, ils s'y laissèrent facilement absorber, profitant des longues journées baignées de soleil et des nuits emplies d'éclats de rires et de brindilles. Les bars longeant la côte étaient remplis d'une musique omniprésente, réverbérant sur l'asphalte chaud et se mêlant à l'odeur salée de la mer. Les rues de Varna étaient emplies de lumière et de légèreté, mais entre ses rires et ses éclats de joie, quelque chose d'inexpliqué se préparait.

Le séjour se déroulait comme n'importe quelles autres vacances jusqu'à cette nuit fatidique du 6 juillet. Une atmosphère détendue d'une soirée bien arrosée fut brisée par une vive querelle entre Lars et quelques résidents locaux. Le football, un sujet de discussion généralement divertissant, se transforma en un sujet de discorde, exacerbé par l'alcool et l'orgueil. La tension s'intensifia, le ton monta, et avant que ses amis puissent intervenir, Lars se trouva impliqué dans une bagarre, qui se termina par une blessure à l'oreille.

Lorsque Lars se réveilla le lendemain à l'hôpital, rien ne semblait normal. Il avait désormais une peur palpable creusée dans ses yeux. Les médecins lui indiquèrent qu'il avait subi un traumatisme mineur à l'oreille, lui conseillant de ne pas prendre l'avion pour le moment, ce qui allait inévitablement prolonger son séjour en Bulgarie.

C'est ainsi que Lars Mittank s'est retrouvé seul à l'aéroport de Varna le 8 juillet, alors que ses amis s'envolaient pour retourner chez eux. Il s'était retrouvé seul dans ce pays étranger. Après avoir décliné l'offre de rester avec ses amis à l'hôpital, Lars a choisi de camper à proximité de l'aéroport, attendant le feu vert des médecins pour rentrer chez lui.

Alors que l'aube se levait le 9 juillet, Lars Mittank, le jeune homme bienveillant de 28 ans, disparaît sans laisser de traces dans l'immensité de l'aéroport de Varna.

« La vérité est comme le feu ; pour la dire, on doit être brûlé. » - Ivan Mortimer Linna

La séparation avec ses amis avait été abrupte, et en consultant de plus près les messages d'adieux des garçons, il y avait un émoi perceptible dans les gribouillis faits à la hâte. Une anxiété qui n'avait pas été dissipée par les promesses d'un retour imminent de Lars. Ce dernier s'était retrouvé en territoire inconnu, seul et blessé. Mais sa disparition n'était pas seulement cernée par l'abandon de ses amis, elle était ponctuée de moments étranges qui ajoutaient du mystère à l'affaire.

L'une de ces étrangetés était certainement les derniers moments de Lars capturés par les caméras de surveillance de l'aéroport de Varna, le matin du 9 juillet. Il est entré dans l'infirmerie de l'aéroport à 6h, où un médecin local l'a examiné. Tout semblait normal jusqu'à ce que le médecin discute du traitement des antibiotiques nommé Cefuroxime 500 qui était recommandé pour son oreille blessée. À l'instant où le médecin a mentionné la pilule, Lars a brusquement commencé à paniquer, agissant comme s'il était en danger immédiat. Les caméras ont ensuite capturé Lars quittant précipitamment l'infirmerie, abandonnant ses biens, et courant à travers le terminal. Lars était sorti de la caméra, mais pas sans être remarqué. Plus tard, le médecin a témoigné avoir été surpris par sa soudaine peur et son départ précipité.

Mittank n'a plus jamais été vu après cela. Les enquêtes ultérieures ont révélé que Lars avait envoyé un SMS étrange à sa mère dans la nuit qui a précédé sa disparition, indiquant qu'il était en danger et qu'elle devait annuler tous ses comptes bancaires. Les amis de Lars qui avaient partagé ses vacances ont déclaré qu'ils ne l'avaient jamais vu aussi paniqué et effrayé lorsqu'ils ont eu des appels inquiets de chez lui à Varna après leur retour.

De retour en Allemagne, la famille Mittank a été informée de la mystérieuse disparition de Lars et a entamé une recherche intense. Son père, en particulier, était déterminé à trouver son fils, un jeune homme qui était connu comme étant sympathique et digne de confiance. Son frère, aussi, était profondément déconcerté par la soudaine disparition de Lars, ne trouvant aucun sens à sa soudaine panique ou à son évasion impromptue de l'infirmerie de l'aéroport de Varna.

C'est le témoignage des dernières personnes à l'avoir vu, l'étrangeté des messages qu'il a envoyés, la précipitation avec laquelle il a fui l'infirmerie et le désespoir affiché par sa famille, qui apportent une dimension humanisante à la disparition mystérieuse de Lars Mittank. C'est un rappel que derrière chaque histoire de disparition, il y a une vie interrompue, des relations brisées et un monde plein de questions sans réponse.

L'enquête sur la disparition, les pistes explorées et les différentes théories qui en découlent seront explorées dans les prochaines lignes. Pour le moment, nous restons suspendus à une chronologie des événements tragiques et mystifiants qui ont conduit à la disparition de Lars Mittank. Son histoire continue d'être un rappel de la fragilité et de la préciosité de la vie, et du tollé de la douleur qui accompagne une disparition inexpliquée. De l'appartement modeste de Werder à l'aéroport attendrissant de Varna, le destin de Lars Mittank reste un mystère sans réponse.

« La vérité est rarement pure et jamais simple. » - Oscar Wilde.

Le mystérieux cas de Lars Mittank, bien que captivant, n'est pas une histoire de fiction. Sa disparition soudaine a déclenché une foule d'enquêtes et de spéculations vastes et complexes. Des questions sans réponses sont apparues alors que les détectives et les experts se grattaient la tête, essayant de donner un sens à la disparition surréaliste de cet individu discret.

L'enquête officielle a commencé le 9 juillet 2014, lorsque l'hôpital a signalé son absence. Leur inquiétude fut accentuée par un rappel étrangement brusque de Lars à sa mère, implorant qu'elle annule ses cartes de crédit puisque des individus « louches » le suivaient. Compte tenu de cette déclaration et du comportement de Lars à l'infirmerie de l'aéroport, les enquêteurs en ont conclu qu'il avait peur pour sa vie.

Non seulement Lars avait abandonné ses affaires à la hâte, mais les magnétoscopes de l'aéroport l'avaient également filmé en train de courir à travers le terminal et sautant par-dessus une clôture, se perdant dans les bois environnants. Si on se base sur la chronologie des événements, son comportement soudainement furtif et erratique ne coïncidait pas avec sa personnalité décrite par ses proches.

La police bulgare a mené des recherches approfondies à la suite de la disparition. Lars n'avait pas été signalé dans le système de l'Union Européenne pour vérifier s'il avait quitté le pays. Les fouilles dans les forêts environnantes n'ont pas non plus apporté de résultats concrets. L'enquête officielle a été en grande partie compromise par le manque de preuves concrètes et de témoins fiables.

Parallèlement à l'enquête officielle, la famille de Lars s'est engagée dans une recherche personnelle, annonçant une récompense pour toute information pouvant mener à Lars. Malgré des centaines de partages en ligne et une couverture médiatique internationale, aucune piste solide n'est apparue.

Diverses théories ont été faites pour tenter d'expliquer la disparition du jeune homme. Certaines des plus courantes incluent la fuite, la perte de mémoire ou même l'implication dans des activités criminelles. En raison de son comportement nerveux et inexplicable, certains ont suggéré qu'il pourrait avoir souffert d'un épisode psychotique ou d'une psychose induite par une drogue. Toutefois, ces théories restent, pour la plupart, spéculatives.

L'une des théories les plus intrigantes provient d'un expert en neurologie, le Dr. Andreev. Selon lui, la blessure à l'oreille de Lars pourrait avoir provoqué une rupture du tympan, ce qui pourrait entraîner un barotraumatisme - une soudaine variation de pression dans l'oreille. Cela pourrait expliquer pourquoi Lars a été averti de ne pas prendre l'avion. Dr. Andreev suggère que la pression croissante a pu agir comme un « court-circuit » dans le cerveau de Lars, déclenchant une réaction de peur immense et irrationnelle.

Sans preuves concrètes ni précédents, chaque théorie reste à débattre. Alors que certains s'attachent fermement à une hypothèse, d'autres insistent sur le fait que le mystère de la disparition de Lars Mittank est loin d'être résolu. Malgré leurs divisions, ils partagent tous le même désir de découvrir ce qui lui est vraiment arrivé.

L'évaporation mystérieuse de Lars Mittank continue d'être l'une des plus célèbres affaires de disparition non résolues. Ce qui rend ce cas encore plus troublant, c'est que la disparition a été capturée en vidéo. Pourtant, malgré sa présence constante sous nos yeux, la vérité derrière sa disparition reste aussi insaisissable que jamais.

« Chaque fin est un début. Chaque adieu est une salutation prête à être prononcée au bon moment. Chaque absence vous laisse un certain nombre de présences inattendues. » - Craig D. Lounsbrough

La disparition mystérieuse de Lars Mittank a brisé le cœur de sa famille, de ses amis et de tous ceux qui l'ont connu. La nouvelle a également fait trembler le monde entier, captivant les lecteurs curieux de tous les coins du globe. Les questions sans réponse et les critiques nerveuses qui ont découlé des actions de Lars ont eu un impact profond sur tout le monde, suscitant une réflexion hantée sur des questions plus profondes.

L'impact le plus immédiat et dévastateur a été ressenti par sa famille. Les parents de Lars à Werder, en Allemagne, étaient dévastés par l'absence soudaine de leur fils. Lars était leur rayon de soleil, la source de leur fierté - un jeune homme plein de vie qui adorait le football et avait toujours le temps pour aider les autres. La disparition de Lars a été un coup dur pour ses parents. Sa mère était particulièrement bouleversée ; le dernier message qu'elle avait reçu de son fils indiquant qu'il était en danger, la hantait continuellement.

Le frère de Lars était tout aussi bouleversé. Il peinait à comprendre ce qui s'était passé à Varna, et les doutes et spéculations ne faisaient qu'aggraver sa peine. Ses amis qui étaient avec lui à Varna étaient consumés par la culpabilité. Ils se demandaient si les choses auraient été différentes s'ils étaient restés avec Lars, ou s'ils avaient pu empêcher la bagarre qui a apparemment déclenché les événements qui ont conduit à la disparition de Lars.

La disparition du jeune Mittank a eu un impact plus largement sur la communauté. Les médias du monde entier ont couvert l'histoire, se retrouvant intrigués et en même temps horrifiés par les circonstances entourant la disparition. Les professionnels de la santé mentale ont commencé à se servir du cas de Lars comme un cas d'étude, se questionnant sur l'effet d'une blessure à la tête, la possible psychose, et l'isolement sur le comportement humain.

À Varna, la situation était tout aussi tendue. Les locaux étaient troublés par l'incident, inquiets que de tels événements puissent ternir la réputation de la ville. L'aéroport où Lars a été vu pour la dernière fois est devenu une attraction malheureuse, avec des personnes de tout le pays et d'autres régions qui viennent voir le dernier endroit connu où Lars a été vu.

La disparition de Lars Mittank nous rappelle tristement la fragilité de la vie et le danger des circonstances imprévues. Elle expose l'isolement et le désespoir que ressent quelqu'un qui est blessé et loin de chez lui. Elle souligne également les limites de nos connaissances en matière de santé mentale.

D'une manière plus large, le cas de Lars Mittank reflète une question plus complexe sur la société : comment traitons-nous les étrangers dans le besoin ? Le sentiment d'appréhension et la peur de Lars étaient-ils le fruit de réactions exagérées, ou étaient-ils un cri pour l'aide que personne n'était assez attentif pour bien interpréter ?

Enfin, le cas de Lars Mittank met en évidence l'importance de repousser les stéréotypes et de chercher à comprendre les individus au-delà de leur surface. Lars était perçu comme un vacancier insouciant, profitant d'un voyage avec des amis, mais au fur et à mesure que les détails de son histoire se dévoilaient, il devenait évident qu'il était beaucoup plus compliqué que l'image que l'on avait d'abord de lui.

La disparition de Lars Mittank reste un cas non résolu, laissant ses proches et la communauté en suspens. Les réflexions sur la disparition, sa signification et les leçons qu'elle nous laisse sont aussi variées que les personnes qu'elle touche. Cela reste un mystère troublant, mais qui ne cesse d'inspirer des conversations, des théories et des retours sur l'humain derrière le mystère. Comme l'écrivit un jour Friedrich Nietzsche : « Dans tout ce qui est profond, on respecte plus le mystère. »

« Le mystère qui nous confond est le sentier qui nous illumine. » - James Russell Lowell

La soudaine disparition de Lars le 9 juillet 2014 à l'aéroport de Varna demeure l'un des plus grands mystères complexes non résolus. Le fascinant mélange d'événements précédant la disparition de Lars, couplés aux indéfinissables moments capturés de son dernier acte connu, ont transformé cette affaire en un conundrum insondable jamais vu auparavant.
La dernière fois que Lars Mittank a été vu, il fuyait l'infirmerie de l'aéroport de Varna, laissant derrière lui ses possessions et se perdant dans l'immensité des forêts bulgares environnantes. Mais la vérité sur ce qui est arrivé à Lars et pourquoi il a choisi ce chemin extrême reste enveloppée de mystère.

Les tentatives pour reconstituer les événements menant à cet étrange comportement n'ont fait qu'éclairer davantage l'incongruité de la situation. Ses amis l'ont décrit comme un individu normal, méticuleusement sensé et vivant une vie ordinaire, ce qui contraste nettement avec son comportement dans ses dernières heures. Son message à sa mère indiquant qu'il était en danger, couplé à sa précipitation à sortir de l'aéroport, donne l'impression qu'il courait pour sauver sa vie. Mais contre quoi, ou qui, courait-il ? La réponse à cette question demeure toujours sans réponse.

Les enquêtes officielles, bien que complètes et approfondies, n'ont apporté que des questions supplémentaires et aucun avancement. La police et la communauté internationale ont gardé un œil affûté pour tout indice possible, cherchant désespérément à localiser Lars. Mais en dépit des efforts conjugués des officiels et de la famille de Lars, aucune piste forte à l'heure actuelle ne mène à lui.

La disparition de Lars Mittank reste donc une énigme, une histoire qui défie la logique et la rationalité. Pourtant, en même temps, elle souligne la réalité effrayante de l'incertitude et du mystère. Elle rappelle aux lecteurs du monde entier que la vie elle-même est imprévisible, pleine de rebondissements et de tournants inattendus.

Qu'a-t-il pu arriver à Lars Mittank ce jour d'été 2014 ? A-t-il trouvé la sécurité qu'il cherchait désespérément, ou est-il encore là-bas, perdu et effrayé ? Ces questions continuent de hanter chaque personne qui a entendu parler de son histoire, laissant un voile de tristesse et d'incompréhension.

Malheureusement, la disparition de Lars est devenue une histoire sans fin, un mystère angoissant qui continue de préserver son aura de mystère. Nous n'avons d'autre choix que de conclure ici, laissant derrière nous une histoire non résolue qui continue de préoccuper et de fasciner.

L'histoire de Lars Mittank a une fin tragique, un récit captivant d'un jeune homme qui est simplement parti pour des vacances avec ses amis et n'est plus jamais revenu. C'est une histoire qui, même si elle n'est pas résolue, n'est pas sans signification ni valeur. Elle nous rappelle les mystères imprévisibles de la vie, la fragilité de l'existence humaine et le sentiment profond de perte que nous ressentons lorsque quelqu'un disparaît sans laisser de traces.

C'est notre dernier regard sur la vie et la mystérieuse disparition de Lars Mittank, un rappel d'un mystère non résolu qui continue d'échapper à la logique et à la raison. Notre histoire se termine ici, mais la mémoire de Lars demeure, laissant un vide qui ne sera jamais plus rempli.

Et tandis que nous nous éloignons de cette partie de l'histoire, les questions demeurent, créant une résonance qui continue de se faire sentir, une vérité inexpliquée qui, peut-être, un jour, trouvera sa résolution. Quoi qu'il en soit, l'histoire de Lars Mittank reste fermement gravée dans nos mémoires, un rappel de ce que signifie être véritablement perdu.

Sneha Ann Philip : L'Énigme du 11 Septembre.

« Nous ne cesserons pas d'explorer, et à la fin de toute notre quête, nous arriverons là où nous avons commencé et reconnaîtrons ce lieu pour la première fois. » - T.S Eliot

Il était une fois, dans le rythme effréné de Manhattan, une vie qui recelait une symphonie de normalité. Une belle jeune femme accomplie, Sneha Ann Philip, une médecin interne passionnée et compétente, avait créé sa mélodie unique dans la symphonie omniprésente de New York.

Le foyer qu'elle partageait avec son mari Ron Lieberman, également médecin, dans le Battery Park City, était une bulle de calme au cœur de la vie nocturne incessante de la ville. C'était un tableau de vie quotidienne à New York aux couleurs riches et diverses, mais comme dans toute histoire, ce paysage idyllique était sur le point de changer irrévocablement.

Le 10 septembre 2001, une date au poids historique prodigieux, est le dernier jour où l'on vit Sneha Ann Philip. Elle disparaît de son tableau familier sans laisser de trace, enveloppée par les ombres du lendemain en se mêlant au millier de silhouettes anonymes perdues dans l'apocalypse du 11 septembre.
La dernière preuve de son existence remonte à la veille de cette terrible journée, lorsqu'elle est filmée par une caméra de surveillance à 19h18 dans un magasin dépôt du centre-ville de Manhattan. Elle a passé un peu plus de deux heures chez Century 21, une grande enseigne d'articles pour la maison, située juste à côté des tours jumelles du World Trade Center. Elle avait l'air tout à fait normale, effectuant des achats, sans tracas apparent sur le visage.

La vidéo montre Sneha, portant une robe marron, avec ses longs cheveux noirs lâchés, naviguant aisément parmi les allées remplies de nappes, de rideaux et de draps, avant de s'arrêter à la caisse avec un panier rempli d'articles. Après avoir payé, elle sort du magasin et semble jeter un dernier regard dans la rue toujours animée avant de disparaître, ni plus ni moins, dans l'embrasure du magasin.

Personne n'aurait pu imaginer que ce serait le dernier moment de normalité de sa vie, et que sa disparition le lendemain serait enveloppée de mystère, restant irrésolue encore à ce jour, presque vingt ans plus tard.

Sneha était la petite dernière d'une famille indienne-américaine de trois enfants, suivant les traces de son frère et de sa sœur en se lançant dans la médecine. Éduquée et avec une belle carrière devant elle, Sneha était une figure rayonnante parmi ses collègues à l'hôpital St. Vincent's à Manhattan. Sa disparition a laissé un trou béant dans leur quotidien.
La seule consolation pour ceux qui l'ont connue était le fait que si elle était encore en vie lors de la tragédie du 11 septembre, elle aurait certainement été au premier rang pour apporter son aide.

« Nos histoires sont la façon dont nous apprenons. Un récit est un outil puissant pour comprendre le monde. » - Terry Pratchett

L'histoire de Sneha Ann Philip est comme un puzzle dont les pièces se révèlent lentement. À première vue, elle semblait être une jeune femme qui avait tout pour réussir : belle, brillante et déterminée à faire sa marque dans le monde de la médecine. Mais à mesure que nous nous enfonçons plus profondément dans son histoire, il est clair que son existence était tout, sauf simple.

Avec l'indépendance financière que lui procurait son métier de médecin, Sneha avait cultivé une appréciation pour les arts et la culture de New York, passant souvent ses heures libres dans les galeries ou à visiter des musées. Ron et elle partageaient une passion pour le jazz, souvent présents dans les clubs locaux jusqu'aux premières heures du matin.

Ils s'étaient rencontrés lors d'une soirée karaoké en 1995, alors qu'ils étaient tous deux étudiants en médecine. Ron, enveloppé par le pouvoir magnétique de Sneha, avait été saisi par son esprit libre et son amour de la vie. Polyglotte, elle parlait couramment le français, l'espagnol et l'hindi, en plus de l'anglais.

Au fil des années, leur amour a fleuri, formant un couple fort et aimant, avec Sneha en tant que flamboyante étoile autour de laquelle gravitait l'univers de Ron. C'est cet amour profond qui a rendu la disparition de Sneha encore plus déchirante et difficile à accepter pour Ron.

Le 10 septembre 2001, lui avait travaillé tard, effectuant une longue série de gardes à l'hôpital où il était. C'est peut-être cette circonstance qui a retardé sa réalisation de l'absence de Sneha. Ce n'est que le 11 septembre, vers 18 heures, à son retour à l'appartement, qu'il a remarqué que Sneha n'était pas rentrée.

Aux premières heures du 10 septembre, alors que New York se réveillait à la chaude lueur du soleil d'automne, Sneha a discuté avec sa mère par vidéoconférence. Sa vie n'était pas parfaite, elle avait quelques problèmes : elle avait récemment été licenciée de l'hôpital où elle travaillait et devait comparaître devant un tribunal à quelques jours sur des accusations mineures. Mais ce matin-là, il n'y avait rien qui indiquait qu'elle était au bord de la disparition.

Sneha a fini son appel avec sa mère vers 14 heures. Après cela, sa journée aurait été tout à fait normale avec la visite du Century 21 entre 19h18 et 21h23.
La disparition de Sneha ne cadre pas avec le sort habituel des personnes disparues sur de longues périodes. Elle n'avait pas de problèmes de drogue ou d'alcool, pas de problèmes de santé mentale connus, pas de problèmes financiers et pas de conflits avec les personnes de son entourage.

De nombreux éléments de sa vie sont en contradiction avec sa disparition. Cependant, le fait qu'elle ait disparu la veille du 11 septembre et non pas la journée même ajoute une couche supplémentaire de complexité.

En tant que médecin dans un hôpital voisin du World Trade Center et en tant que femme connue pour son sens du devoir, si Sneha avait été témoin des horreurs du 11 septembre, elle serait sans aucun doute allée prêter main forte.

Mais voilà, jusqu'à présent, aucun témoignage fiable n'a été recueilli pour corroborer cette conjecture. La question clé reste : où était Sneha avant l'attaque ?

La vidéo de surveillance du Century 21 n'a offert aucun indice supplémentaire sur l'endroit où elle pourrait se rendre ensuite, et aucune piste supplémentaire n'a été découverte dans l'appartement qu'elle partageait avec Ron.

C'est là que prend fin le tableau de la journée du 10 septembre, une journée qui a changé à jamais la vie de ceux qui connaissaient Sneha. Un vide de plus de neuf heures entre sa dernière apparition filmée et l'effroyable matinée du 11 septembre, où deux avions ont frappé le World Trade Center, enveloppant tout Manhattan dans le chaos et l'incertitude.

Du haut des tours jumelles tombées, la fumée s'est élevée pour brouiller à jamais les traces de Sneha. Le mystère de sa disparition s'est vaporisé avec la poussière, créant un fascinant puzzle qui attend encore d'être résolu.

« Trois choses ne peuvent être longtemps cachées : le soleil, la lune et la vérité. » - Bouddha

Dans le chaos qui a suivi les attaques du 11 septembre, l'enquête sur la disparition de Sneha Ann Philip s'est avérée délicate. Les premières opérations de recherche ont été mises en œuvre par son mari, Ron Lieberman. Il est parti à sa recherche ce jour fatidique, brisant même le cordon de police pour pénétrer dans leur appartement situé à proximité de Ground Zero, espérant y trouver une trace de Sneha. Il a contacté hôpitaux, morgues et postes de police pour informer de la disparition de sa femme, mais la confusion omniprésente après les attentats a entravé ses efforts. C'est seulement vers le 13 septembre que le cas de Sneha a été formellement signalé aux autorités. En ces heures sombres, il n'a trouvé aucun réconfort, aucune piste.

Compte tenu des circonstances, la première théorie avancée était que Sneha avait disparu lors des attaques. Cette hypothèse semblait soutenue par le fait que Sneha avait été vue pour la dernière fois à proximité de Ground Zero et qu'elle était médecin, cc qui signifie qu'elle aurait pu aller aider les blessés une fois les attaques survenues.

L'hypothèse a pris de l'ampleur lorsque la famille Philip a déclaré qu'un témoin lui avait assuré avoir vu Sneha dans une des tours, aidant à l'évacuation des blessés. Cependant, aucune preuve matérielle ni aucun témoignage corroborant n'ont été trouvés pour étayer cette allégation. De plus, ce témoignage a mystérieusement été rétracté par la suite.

La police de New York (NYPD) a conduit une enquête exhaustive, sous la houlette de l'inspecteur Richard Stark. Cela a débouché sur une deuxième théorie : Sneha aurait peut-être mené une vie double et aurait fui volontairement. Selon certaines informations découvertes lors de l'enquête, Sneha avait été licenciée de l'hôpital pour une allégation de drogue, s'était disputée avec son mari et avait passé de nombreuses nuits dehors.

La police a également relevé des transactions par carte de crédit pour des objets de lingerie et d'alcool, ce qui a suscité des soupçons quant à une possible vie secrète. Cependant, aucune de ces transactions ne mena nulle part et la famille de Sneha a vivement contesté cette théorie, repoussant l'idée qu'elle ait pu s'enfuir de son propre gré.

La troisième théorie était celle d'un fait divers tragique : Sneha aurait pu être victime d'un crime non lié aux attentats du World Trade Center. L'inspecteur Stark a interrogé des centaines de personnes et suivi de nombreuses pistes, mais aucune n'a mené à une piste concluante.

Tout au long de l'enquête, de nombreux indices ont été trouvés, tels qu'un rapport de carte de crédit montrant un achat effectué après la dernière apparition de Sneha, mais l'achat s'est révélé être un simple dysfonctionnement du système.

À chaque tournant, l'enquête sur la disparition de Sneha a été entravée par des impasses et le manque de preuves solides. Cependant, la famille de Sneha n'a jamais cessé de chercher à comprendre ce qui s'est réellement passé.

Peu importe les théories échafaudées, la vérité évasive sur la disparition de Sneha reste cachée. Sa disparition demeure une mystérieuse énigme qui, malgré toutes les tentatives d'investigation, refuse de se laisser résoudre.

« La blessure est l'endroit où la lumière pénètre en vous. » - Rumi

L'effet d'une disparition ne se limite pas simplement à la personne absente. Une ondulation d'impact se propage à tous ceux qui sont liés à l'individu disparu, transformant les vies et incitant à la réflexion sur l'éphémère et le précieux de l'existence humaine.

L'énigme de la disparition de Sneha Ann Philip s'est lentement révélée comme une intersection de tragédie personnelle et nationale. Dans la partie qui suit, nous examinerons l'impact de cette disparition sur les proches de Sneha et sur la communauté en général, ainsi que certaines réflexions sur son implication significative.

La disparition de Sneha a eu un impact indélébile sur ses proches. Pour son mari, Ron, la disparition a été un coup dévastateur, anéantissant la symphonie joyeuse qu'ils avaient créée ensemble dans la cacophonie de Manhattan. Il s'est engagé, avec une détermination indéfectible, à découvrir la vérité derrière le sort de sa bien-aimée. Chaque jour qui passait où sa femme était disparue n'était pas une question de nombre, mais d'un lourd fardeau de seconde torture, un mélange implacable de douleur, de regrets et d'indécision entre l'espérance et la résignation.

La famille de Sneha a été également secouée par un mélange complexe d'émotions. Déchirés par l'incertitude et le deuil, ils ont continué à plaider pour leur fille, s'opposant fermement aux vues négatives que certaines personnes avaient de Sneha, en raison de quelques imprécisions dévoilées par l'enquête.

Ils ont insisté sur le fait que Sneha était une personne qui portait l'adversité avec une dignité courageuse, une femme qui ne craignait pas de repousser les limites conventionnelles, une femme qui avait montré une détermination implacable à accueillir la vie dans toute sa complexité. Pour eux, Sneha était plus qu'une femme disparue : elle était une lumière qui avait momentanément été éteinte mais qui continuait à briller dans leurs cœurs.

Sa disparition a également eu un impact significatif sur la communauté médicale de Manhattan. Ses collègues ont parlé avec affection et respect d'elle, évoquant son dévouement à sa profession et la chaleur qu'elle apportait à ses patients et à ses collègues. Elle a laissé un vide dans les couloirs de l'hôpital, marquant le souvenir tragique du 11 septembre d'une empreinte plus personnelle.

Au-delà de la sphère personnelle, cette disparition a également entraîné des répercussions sur la société en général. Pour le public, la figure de Sneha est devenue un symbole, incarnant les nombreuses histoires anonymes de personnes disparues dans l'ombre de la tragédie du 11 septembre. Son histoire a alimenté les discussions et les rencontres judiciaires sur la détermination d'une personne disparue comme victime du 11 septembre, ouvrant des débats complexes sur notre besoin humain de clôture et l'importance de la reconnaissance.

En réfléchissant aux implications de la disparition de Sneha, un certain nombre de questions se posent. Ne peut-on jamais réellement connaître une autre personne dans sa totalité ? A-t-elle été victime d'une tragédie personnelle, ou est-elle tombée dans le cataclysme du 11 septembre ? Peut-on trouver un sens à une fin aussi tragique et inexpliquée ? Comment affronter l'incertitude et la peur qui accompagnent une telle disparition ?

Sans obtenir de réponses définitives à ces questions, la disparition de Sneha reste tragiquement gravée dans l'esprit de tous ceux qui ont été touchés par son histoire. Notamment, son énigme invite à un examen plus profond des rouages de nos vies et de la politique du deuil.

C'est une histoire qui poursuit son récit même dans son silence, une histoire qui, même dans sa conclusion manquante, continue d'inspirer des moments de réflexion, de courage et d'espoir pour ceux qui cultivent la mémoire de Sneha An Philip.

« Le mystère de la vie n'est pas un problème à résoudre, mais une réalité à expérimenter. » - Dune, Frank Herbert

Être une réponse définitive n'est pas toujours le rôle le plus approprié pour une ouverture. Tel est le cas de l'énigme entourant la disparition de Sneha Ann Philip. Peu à peu, chacun trouve sa propre version de cette conclusion inachevée, qu'ils choisissent de voir comme une fin ouverte à une histoire aux multiples facettes.

Pour certains, Sneha est une martyre de la tragédie du 11 septembre, une femme qui a choisi d'affronter le mal face à face. Pour d'autres, elle est la victime d'une tragédie plus intime, une femme sombrant dans une tourmente inexpliquée. Pour sa famille, Sneha reste une étoile scintillante dans la noirceur de leurs cœurs, perdue mais jamais oubliée.

À l'ombre des tours jumelles, la réalité de Sneha s'est dissoute dans un brouillard épais et impénétrable. Mais au-delà des conjectures et des mystères, une vérité perdure : une femme bien-aimée, une fille adorée, une sœur chérie et une médecin dévouée a disparu un jour de septembre 2001 et son absence se fait encore sentir.

Les années passent, la skyline de Manhattan change, les gens vont et viennent, mais l'écho de la disparition de Sneha demeure, inscrite dans la mémoire collective de la ville. Sa présence demeure tangible dans les cœurs de ceux qui l'ont connue et aimée, et même dans ceux des inconnus qui se sont empêtrés dans son histoire.

Des questions demeurent sans réponses précises. Où est Sneha allée après avoir quitté Century 21 ? Que lui est-il arrivé ? Comment une femme si visible peut-elle simplement s'évanouir dans l'air ? Le fait est que nous ne pourrons probablement jamais savoir ce qui est arrivé exactement à Sneha Ann Philip dans les petites heures de cette horrible journée de septembre 2001.

Peut-être y a-t-il une symétrie poétique en cela. Une histoire sans fin pour une femme dont la vie a été brutalement interrompue en plein vol, au seuil d'une carrière prometteuse.

Son énigme reste une ombre de questionnement persistante, une cicatrice dans le tissu de notre histoire, un mystère qui, malgré le temps qui passe, continue de hanter ceux qui cherchent à comprendre le sort de cette femme aimée.

Dans son mystère se trouve une leçon, une invitation à aimer passionnément, à vivre pleinement, à accepter l'incertitude de la vie et à chercher à comprendre et faire sens du monde qui nous entoure. Alors, dans sa disparition, Sneha continue de toucher la vie de beaucoup de gens, les forçant à contempler les profondeurs insondables de l'existence humaine.

Le mystère qui entoure la disparition de Sneha Ann Philip est un rappel poignant de la fragilité de la vie, la valeur des êtres aimés et l'insoutenable incertitude qui marquera toujours le cours de notre existence. C'est une histoire qui résiste à la clôture, un puzzle incomplet, une énigme qui demeure, un mystère qui continue à intriguer, et une cicatrice qui ne guérira jamais complètement.

Jimmy Leeward : L'Énigme du Podcast.

« Il y a des choses connues et des choses inconnues, entre les deux, il y a les portes de la perception. » - Aldous Huxley

23 mai 1955. Somerset, une petite ville pittoresque de Pennsylvanie. Une vapeur matinale froide s'élève de la surface des rues paisibles tandis qu'un soleil timide commence à percer l'épaisse couverture de nuages. C'est une journée comme tant d'autres, sauf pour une maison nichée sur la rue Maple, où vit l'effervescente figure locale, Jimmy Leeward.

Jimmy a 31 ans, enveloppé dans le halo de la réussite. Les gens adorent son charisme contagieux, sa voix puissante et ses doigts qui dansent sur les cordes de sa guitare, créant une mélodie qui peut faire danser tout Somerset. Sa renommée a grandi au-delà des frontières de la petite ville, la musique l'a transporté à travers le pays, ses vinyles se retrouvant dans des magasins de disques et des juke-boxes de San Francisco à New York.

Cependant, loin des lumières scintillantes des scènes de la musique, il y a une autre facette à Jimmy. Jimmy, la voix derrière l'écho lointain dans les ondes radios, partageant des récits fascinants et effrayants de personnes disparues. La population locale, avide de mystères et de légendes urbaines, se presse autour des radios tous les mardis soir, submergée par l'atmosphère inquiétante que Jimmy réussit à créer brillamment à travers ses paroles et récits.

La passion de Jimmy pour les histoires de l'inconnu l'amène à naviguer dans la nouvelle vague technologique des années 50 - le podcast. Il devient rapidement une sensation, avec son premier podcast intitulé « L'appel de l'obscur ». Ses auditeurs s'étendent bien au-delà de Somerset et il gagne une base de fans dévoués, se penchant sur chaque mot, chaque histoire qu'il partage.

Mais cela change le 23 mai 1955, Jimmy ne vient pas à l'antenne. Il y a une absence inexpliquée. Son dernier podcast, diffusé une semaine plus tôt, laisse ses auditeurs dans un émoi profond. Ce dernier épisode qui parlait d'une disparition mystérieuse survenue à Somerset même en 1925, semblait différent des autres. Sa voix avait une urgence, une frayeur qui n'était pas là auparavant, laissant ses auditeurs avec une étrange sensation.

Et puis, Jimmy est lui-même devenu l'un des disparus, sans préavis, sans adieu, sans trace apparente. La stupeur répandue dans le public est immense. Comment le conteur d'histoires, qui narrait brillamment les disparitions d'étrangers, a-t-il lui-même disparu ? Et pourquoi ? Pour être clair - Jimmy n'est pas juste un autre artiste épris de liberté ou un hippie qui est parti en quête de trouver « la vraie signification de la vie ». Non. Jimmy adorait Somerset, adorait ses auditeurs. Et il a disparu sans dire un mot.

L'énigme de la disparition de Jimmy Leeward devient un mystère qui trouble, qui agite les esprits de cette petite ville, et bien au-delà. L'homme du peuple, le musicien doué, le conteur qui a évoqué tant d'histoires de disparition, sans voir qu'il serait lui-même au centre de l'une d'entre elles, laisse un grand vide dans les cœurs et les maisons de Somerset et dans celle de sa petite amie Mary, qui reste non seulement troublée par sa perte, mais aussi par le poids de l'énigme qu'il laisse derrière lui.

« Nous passions notre vie à imaginer des choses qui ne nous arriveraient jamais. » - Mark Twain

Le dernier coup de Jimmy Leeward à sa guitare a retenti le dimanche 22 mai 1955 au soir. Il jouait dans le pub local, « Le Mouton Enragé » , une institution de Somerset, sous les acclamations de la foule. Ses doigts agiles sur les cordes, sa voix vibrante remplissait la pièce de son incroyable mélodie. Après avoir joué pendant près d'une heure, Jimmy termine avec sa petite préférée « La chanson de la brume ». À la fin, tout le monde dans la salle s'était levé pour applaudir. C'était la dernière fois que le public le voyait.

Mary, sa petite amie depuis cinq ans, l'accompagnait toujours lors de ses soirées musicales. Longs cheveux blonds et yeux bleus aussi clairs que l'océan, elle était souvent celle qui avait l'honneur d'accompagner le musicien à la guitare. Elle se souvient parfaitement de cette nuit. Jimmy lui avait dit qu'il se sentait étrange, comme si quelque chose pesait sur son cœur. Elle avait pris cela pour de la nervosité avant le show, chose assez commune pour Jimmy. Le mystère commençait déjà ici à grandir.

Vers 23h45, ils quittent le pub et se rendent chez lui. Les rues de Somerset sont calmes, juste éclairées par la pâle lueur des lampadaires. Arrivés chez Jimmy, ils passent le reste de la nuit à évoquer les histoires fantastiques et effrayantes pour le prochain podcast. Mary n'oublia jamais cette nuit, car c'est la dernière qu'elle passa avec lui.

Jimmy parle de l'histoire de la disparition mystérieuse de 1925 plus que de toute autre histoire ce soir-là. Le sujet lui semble obsédant, presque terrifiant. À 3 heures du matin, trop fatiguée, Mary rentre chez elle, tandis que Jimmy reste éveillé, perdu dans ses pensées et ses préparations.

Le lendemain matin, lorsque Mary revient chez Jimmy, elle trouve la maison vide. L'atmosphère est étrange, presque sinistre. La guitare de Jimmy est toujours là, son carnet de notes ouvert sur le bureau, ses cigarettes non fumées et la tasse de café à moitié pleine. Il y a une sensation d'inachevé, comme si Jimmy allait revenir d'un moment à l'autre. Mais il n'est jamais revenu.

Les jours passent et aucun signe de lui. Ses amis, ses voisins, la police locale, tout le monde le cherche mais il reste introuvable. Les habitants de Somerset sont inquiets, choqués ; le musicien, le conteur, la voix de leur ville a disparu dans l'éther. Le silence de la radio ce mardi soir était le témoin de son départ.

Mary se rappelle encore ses derniers mots, avant de le quitter cette nuit :

« La vie est une énigme, Mary. Et parfois, sa résolution n'est pas ce que l'on espère. »

Ces mots résonnent dans sa tête comme une sonnette d'alarme inquiétante, un présage. La frénésie, le désespoir, la crainte engloutissent peu à peu sa vie.

Qu'est-il arrivé à Jimmy ? Chaque personne dans le Somerset a une théorie. Mais personne ne sait où est Jimmy, personne ne sait pourquoi il est parti. Les derniers jours de Jimmy sont enveloppés dans l'étrange aura de mystère, faisant écho à ses propres histoires de personnes disparues, un mystère jamais résolu.

Dans ce scénario, Jimmy, Mary et la petite ville de Somerset deviennent les personnages principaux. Une histoire qui s'est si brusquement arrêtée, laissant son empreinte dans le temps, les cœurs et l'esprit de ses auditeurs. Connus par le monde entier, plongeant dans l'inconnu, aux portes de la perception toujours ouvertes.

« Le réel n'est pas ce qu'on peut toucher. Ce qu'on peut toucher n'est que du sable. Le réel est ce qui touche. » - Louis-Ferdinand Céline

Suite à la disparition de Jimmy le 23 mai 1955, la police déclenche son enquête en fouillant son domicile. Aucun indice tangible ne vient alimenter des pistes concrètes. Au contraire, la maison semble être dans l'état qu'il a laissé avant de disparaître. Il n'y a aucun signe de lutte, de vol ou d'effraction. Le rapport de police, en date du 25 mai, mentionne en conclusions : « Rien d'inhabituel n'a été trouvé ».

Au début, l'hypothèse de l'enlèvement était celle poursuivie, mais sans demande de rançon, elle a vite été écartée. Les policiers ont ensuite envisagé la possibilité d'un départ volontaire. Jimmy était-il parti en secret pour une nouvelle vie ailleurs ? Cette théorie a rapidement été rejeté. L'homme, dont la voix a captivé des milliers de personnes, aurait-il pu tout quitter sans un adieu ? Non, certainement pas. Donc, où était-il ?

La première véritable piste prend forme lorsque la police trouve le carnet de Jimmy, daté du 23 mai 1955. Dedans, il y a des notes détaillant l'étrange affaire de disparition de 1925 à Somerset. Tout à coup, cette histoire mystérieuse que Jimmy avait raconté dans son dernier podcast prend un autre sens. Pourquoi s'est-il si profondément immergé dans cette histoire ? Pourquoi cette obsession de l'histoire de la disparition de 1925 ?
Cela conduit la police à considérer une autre possibilité : Jimmy a-t-il été la prochaine victime de ce qui s'est passé en 1925 ?

Un ancien document de la police, daté du 13 août 1925, indique « Un homme d'environ 35 ans a disparu sans laisser de trace. Pas de suspects. Pas de motifs apparents. Pas de témoins. Juste une

117

disparition ». Le seul indice était un morceau de papier trouvé chez lui, avec un vers étrange : 7 « Quand les étoiles du nord tomberont, l'esprit de la mer me rappellera ».

En se penchant sur cette histoire de 1925 et le parallèle avec la disparition de Jimmy, une nouvelle piste voit le jour. Était-il sur le point de découvrir un secret enfoui en rapport avec cette vieille disparition ? Avait-il découvert quelque chose que quelqu'un tentait de cacher ?

La police interrogea d'anciens habitants de la région, espérant trouver des réponses. Une vieille dame, Mme Martha, se souvient avoir entendu des histoires de son père sur un groupuscule religieux clandestin actif à cette époque, connu sous le nom des « Étoiles du Nord ». Une légende urbaine raconte qu'ils croyaient à un rituel de purification qui nécessitait le sacrifice d'une offrande vivante, tous les 30 ans. La dernière fois, c'était en 1925 et maintenant, Jimmy manquait à l'appel en 1955. Était-ce un simple hasard ? Ou un accord macabre qui résonne du passé vers le présent ?

Autre élément troublant qui se rajoute à cette affaire mystérieuse est une étrange lumière à la surface de la Mer du Nord signalée par plusieurs pêcheurs, quelques heures après la disparition de Jimmy. Est-ce une coïncidence ? Ou est-ce que les pistes se rejoignent pour ne former qu'un seul récit ?

Ces pistes, bien que fascinantes, laissent toujours la question centrale sans réponse : où est Jimmy ? L'affaire reste en suspens. Toutes les tentatives pour résoudre le mystère se noient dans l'obscurité profonde de l'inconnu. L'énigme de l'histoire de la disparition de 1925 à Somerset et la subite disparition de Jimmy Leeward se confondent l'une avec l'autre, créant un labyrinthe d'interrogations sans fin. Cette enquête n'a toujours pas de conclusion claire. Les réponses restent insaisissables, tout comme l'homme lui-même, et son mystère demeure l'une des disparitions les plus énigmatiques.

« L'appel de l'obscurité peut être aussi ensorcelant que celui de la lumière. » - Proverbe Suédois

La disparition de Jimmy Leeward a créé comme un silence imposé sur la ville de Somerset. Les rires éclatants, les conversations animées des pubs et l'énergie vibrante de la ville semblent s'être éteints. L'absence de Jimmy à travers les ondes radio chaque mardi soir est comme un rappel constant du mystère non résolu qui hante la ville. Les amis et la famille de Jimmy sont submergés par la douleur et l'incertitude. Mary Sheppard, la petite amie de Jimmy, est peut-être celle qui ressent le plus l'impact émotionnel de sa disparition. Son mari, qui l'avait aimé et qui connaissait si intimement ses passions et ses rêves est maintenant perdu dans le désespoir face à l'incertitude de son sort. Tandis que les jours se transforment en semaines puis en mois, Mary tente de trouver un sens ou une forme de paix dans le chaos. Elle se raccroche aux souvenirs heureux, aux conversations tardives dans la nuit, aux rires, aux chansons et aux podcasts.

Un autre impact émotionnel massif est ressenti par son énorme base de fans, non seulement à Somerset mais aussi à travers le pays. Les auditeurs fidèles de son podcast « L'appel de l'obscur » sont laissés à la dérive, déconcertés par l'ironie de la situation - le conteur d'histoires inexpliquées est maintenant au cœur de l'une d'entre-elles. Les doutes et les théories courent, la communauté en ligne tente d'éclairer des points d'ombres pour résoudre l'énigme. La fascination de Jimmy pour l'histoire de la disparition de 1925 est devenue une partie centrale des discussions.

Les implications de sa disparition sont énormes. Il a non seulement laissé un vide dans la vie de ses proches, mais a également déclenché une toile fascinante de mystères, de théories et de légendes urbaines. Le pouvoir de la voix de Jimmy était si profond qu'il continuerait à vibrer à travers les années, son héritage survivant à travers les ondes du podcast même après sa disparition.

La réflexion la plus profonde provient peut-être de la question de savoir ce que Jimmy aurait voulu dans une telle situation. Un artiste au cœur, un rêveur et un conteur, il aurait peut-être aimé l'idée d'être au centre d'une toute nouvelle histoire de disparition. L'énigme non résolue de sa disparition semble presque s'harmoniser avec le genre de mystères qu'il aimait disséquer dans son podcast.

Malgré la douleur et l'incertitude, une chose est sûre : Jimmy Leeward n'a jamais été, et ne sera jamais oublié. Son héritage vit dans les cœurs de ceux qui l'aimaient, dans les esprits de ceux qui appréciaient son art, et dans le mystère latent de sa disparition. La chanson de Jimmy continue à être jouée, son histoire continue à être racontée, et l'écho de sa voix continue à vibrer à travers les ondes radios.

Son mystère ouvre les portes de perception à un univers plus vaste. Son histoire enseigne une leçon importante - alors que nous nous efforçons tous de trouver des réponses, parfois le mystère lui-même est l'histoire. Dans l'incertitude de la vie et du destin, se trouvent des histoires éternelles. L'histoire de Jimmy est un rappel poignant de notre quête insatiable pour l'inexpliqué et de notre désir irrésistible de résoudre les énigmes qui nous entourent. Le mystère de sa disparition continue à capturer l'imagination, dans le brasier dans lequel, son souvenir reste vibrant et éternel.

« Dans la noirceur, trouve la lumière, dans l'énigme, découvre l'histoire. » - Anonyme

Une trace de fumée éthérée se répand dans l'air frais du matin alors que le café se prépare à Somerset, le 23 mai 2021. Les rues résonnent de l'animation rapide du début de journée, mais cette effervescence matinale est contrastée par une mélancolie silencieuse qui hante une maison sur Maple Street. Dans cette maison, un écho résonne à partir d'un gramophone, jouant une mélodie douce-amère familière - « La chanson de la brume ». Le même air joué par Jimmy Leeward, le conteur musicien fantomatique de Somerset, qui a disparu sans trace il y a six décennies auparavant.

Son énigme est resté, encore à ce jour, tout entier. De nombreuses enquêtes ont été menées, des documents ont été fouillés, des témoins ont été interrogés et des idées ont été formulées. Mais chaque piste, chaque théorie ne mène qu'à une conclusion plus compliquée, ajoutant au mystère plutôt qu'enlevant quelque chose. Le mystère qui entoure la disparition de Jimmy Leeward reste un labyrinthe inexploré d'indices, de conjectures et d'incertitudes.

La nature de sa disparition, sa passion pour les mystères, le podcast laissé inachevé et l'étrange similitude avec l'histoire de disparition de 1925 font de la disparition de Jimmy un roman noir qui défie le temps. Nouant de manière inextricable vérité et spéculation, réalité et illusion, faits et fantaisie, la quête de la vérité sur une disparition est souvent obscurcie par le brouillard de leur énigme.

Le 23 mai est, depuis, devenu une date importante à Somerset. Chaque année, la ville se réunit pour organiser un mémorial en son honneur. Une bougie est allumée pour chaque année écoulée depuis sa disparition, remplissant la scène d'une lumière vacillante qui semble défier l'obscurité du mystère. Sa chanson, « La chanson de la brume », est jouée, et pour un instant, c'est comme si Jimmy n'avait jamais disparu. Ses enregistrements de podcast sont diffusés, remplissant l'air de son timbre familier. Et pour une nuit, Somerset appartient à nouveau à son conteur disparu.

La vérité derrière peut toujours être cachée, mais elle ne doit pas être ignorée. La disparition de Jimmy Leeward a laissé un impact significatif que le temps n'a pas réussi à effacer. Il a rappelé aux gens les mystères de la vie, l'étrangeté qui habite notre existence quotidienne.

Et comme la dernière note de « La chanson de la brume » s'évanouit dans l'obscurité de la nuit, il reste une dernière question à poser : Est-ce que Jimmy aurait voulu cela ? Est-ce que le conteur aurait aimé devenir une énigme, son histoire inachevée restant comme le dernier mystère inexpliqué ?

Quoi qu'il en soit, le mystère de Jimmy Leeward n'est pas seulement une disparition, c'est un récit sur le charme insaisissable des mystères inexpliqués et la fascination éternelle de l'humain pour l'inconnu. Une histoire vivante de mystère et de musique, suspendue entre les motifs de sombres vérités et les rythmes de la quête éternelle de réponses. Un écho qui restera toujours avec nous, vibrant à travers les ondes, repoussant toujours les portes de la perception.

Le mystère de Jimmy Leeward continue...

Le Mystère de Jennifer Kesse : Un Sourire Disparu.

« La vérité est souvent plus étrange que la fiction. » - Lord Byron.

La Floride, synonyme de soleil, d'oranges juteuses et de palmiers non loin de la brise douce de l'Atlantique. Pourtant, malgré son caractère idyllique, elle recèle de nombreuses histoires aussi inquiétantes que troublantes. Le mystère qui entoure la disparition de Jennifer Kesse en 2006, toujours non élucidée à ce jour, fait partie de ces sombres histoires qui ont marqué la mémoire floridienne.

Nous sommes en janvier 2006, plus précisément le 23 janvier, un lundi. Le soleil se lève sur Orlando, une ville bouillonnante de vie et d'activité. Dans le quartier de condos neufs de Mosaic At Millenia, l'excitation du Nouvel An est retombée, remplacée par le retour à la routine quotidienne. Jennifer Kesse, une jeune femme de 24 ans, se prépare pour une journée de travail ordinaire dans une société financière de la région, Central Florida Investments. Ambitieuse et déterminée, Jennifer a rapidement gravi les échelons dans son entreprise à force de travail acharné. Son sourire rayonnant et sa personnalité affable font d'elle un visage familier et bien-aimé de ses collègues.
Le Nouvel An a été marqué par des moments de bonheur pour Jennifer. Ayant emménagé récemment dans son nouvel appartement à Mosaic at Millenia, elle s'est réjouie de l'indépendance que cela lui offrait. Sa vie personnelle semblait aussi prometteuse que sa carrière ; elle entretenait une relation avec son petit-ami de longue date, Rob Allen, avec qui elle venait de rentrer d'un séjour confortable des îles Vierges.

Cependant, la beauté apparente d'Orlando, tout comme le bonheur apparent de Jennifer, va bientôt être éclipsé par une réalité plus sombre. Le 24 janvier 2006, Jennifer Kesse disparaît mystérieusement après une journée de travail ordinaire, plongeant ses proches dans une tourmente indicible et laissant derrière elle un tas de personnes en quête de réponses.

Il n'y a eu ni signe précurseur, ni alerte. Jennifer avait eu une conversation téléphonique normale avec son petit-ami la veille au soir, confirmant qu'elle se préparait pour une autre journée de travail et se mettait au lit tôt. Ni Rob, ni ses parents vivant non loin, à Bradenton, ou même ses amis, n'auraient pu deviner que ce serait la dernière conversation qu'ils auraient avec elle.

L'histoire de la disparition subite de Jennifer est déchirante, mystérieuse, et toujours non résolue. Elle est l'incarnation de ces histoires effroyables qui, malgré la couverture médiatique et les efforts incessants des forces armées, restent à jamais non résolues, laissant les familles dans une quête sans fin pour la vérité. C'est le récit de ces histoires que nous avons l'intention d'expliquer maintenant, dans l'espoir de raviver la mémoire, de susciter la curiosité, et peut-être, d'amener à la résolution de l'énigme de la disparition de la jeune femme.

« Chacun est l'auteur de son propre drame, mais il est aussi le spectateur de celui des autres. » - Roger Vailland

Jennifer Kesse, née le 20 mai 1981, affichait un sourire permanent sur ses lèvres, écho de sa vigueur intérieure. Grande, blonde avec des yeux pétillants, Jennifer était une jeune femme dynamique. Elle était également une travailleuse acharnée ; elle avait gravi les échelons de son entreprise, Central Florida Investments, en un temps record grâce à son dévouement et à son éthique de travail inébranlable. Le dernier weekend de janvier 2006 avait été incroyablement banal. Elle a passé la nuit du dimanche 22 janvier chez elle, à se reposer d'un voyage récent, à Sainte-Croix avec son petit-ami. À son retour, elle était seule car Rob était rentré à Fort Lauderdale. Le lundi matin, Jennifer part pour une journée de travail ordinaire à son bureau.

Le soir du 23 janvier, autour de 22 h, Jennifer parle une dernière fois à Rob - une conversation courante pleine de plaisanterie et de tendresse. Il est environ 22 h 15 lorsque leurs paroles se taisent et que Jennifer se prépare à se coucher pour une autre journée quotidienne.

Le mardi matin du 24 janvier, les choses commencent cependant à dévier de l'ordinaire. Jennifer ne se rend pas au bureau comme prévu. À 11 h, inquiet qu'elle n'ait pas répondu à ses appels et messages, Rob alerte les parents de Jennifer, Drew et Joyce Kesse. Après plusieurs tentatives infructueuses pour joindre leur fille, ils décident de se rendre à Orlando pour enquêter.

Jennifer ne répond pas à sa porte lorsque ses parents arrivent à son appartement vers 15 h. En entrant à l'intérieur, ils découvrent une scène parfaitement normale. Aucune lutte, aucune perturbation, rien qui ne suggère une intrusion ou un combat. Le lit est fait, l'appartement est bien rangé et des vêtements sont disposés comme s'ils avaient été sélectionnés pour la journée de travail prévue.

Des recherches plus approfondies révèlent que la Chevrolet Malibu de Jennifer n'est pas dans son espace de stationnement attribué. Ses parents signalent la disparition de leur fille à la police d'Orlando à 19h30. Les derniers détails connus de la journée du lundi 23 janvier sont alors confirmés : Jennifer est rentrée chez elle après le travail, comme elle le faisait habituellement. Après cela, c'est le néant.

Les heures qui ont suivi se sont transformées en jours, puis en semaines. Chaque instant passant, l'absence de Jennifer prend une tournure de plus en plus sinistre.

La chronologie des événements qui précèdent la disparition de Jennifer, une chronologie parfaitement ordinaire, donne plus de poids à cette disparition, en se terminant par une énigme désespérante et imprévisible. Une jeune femme qui avait tout pour elle, une vie qui semblait à la fois prometteuse et stable, un futur embellissant, s'évanouit du jour au lendemain sans raison apparente, laissant derrière elle une énigme qui défie toute logique et toute compréhension.

« Dans l'univers implacable de l'enquête policière, l'heure tourne sans merci. Chaque minute qui passe, c'est un indice qui s'évapore. » - Michael Connelly

La voiture de Jennifer, une Chevrolet Malibu noire brillante, a été retrouvée le 26 janvier, deux jours après sa disparition, à peine à un kilomètre de son appartement, devant une autre résidence d'appartements nommée Huntington on the Green. À l'intérieur, rien ne suggère une lutte forcée ; tout semble en place, à l'exception d'un sac de voyage qui aurait pu être utilisé par le kidnappeur. Cette incroyable découverte provoque un rebondissement dans l'enquête : l'agresseur pourrait être local.

Le même jour, une vidéo de surveillance provenant de l'ensemble de condominiums où la voiture a été trouvée est examinée. Une silhouette non identifiée est observée jetant la voiture de Jennifer et s'en allant. Malheureusement, les graines de l'angoisse qui s'étaient plantées dans le sol fertile de l'incertitude bourgeonnent, pour devenir un arbre massif de frustration quand l'individu - surnommé par la suite la « personne d'intérêt » - reste non identifié, son visage obscurci par les poteaux de la clôture du complexe à chaque alternance des images prisent toutes les trois secondes.

Premièrement, le FBI est appelé en renfort pour analyser les bandes de vidéos. Ensuite, chaque résident des condominiums Huntington est interrogé. Les efforts conjugués de la police d'Orlando et du FBI, assistés par de nombreux volontaires, mènent à d'innombrables heures de recherche, des centaines de personnes interrogées et des milliers de pistes creusées. Malgré tout, l'identité de la « personne d'intérêt » et le destin de Jennifer demeurent un mystère.

Plusieurs théories ont commencé à se former dans l'esprit des enquêteurs, du public et des médias. La première implique un travailleur de la construction ; l'appartement de Jennifer était relativement récent, et il y avait encore des travaux en cours. Ses parents ont mentionné qu'elle s'était plainte du harcèlement de certains travailleurs. Cependant, aucun lien direct ni preuve solide n'a jamais été trouvé pour étayer cette théorie.

Une autre théorie suppose qu'elle a été victime d'un crime occasionnel, une cible opportuniste pour un prédateur en attente. Cela pourrait expliquer pourquoi rien ne semble manquer chez elle et pourquoi il n'y a aucun signe d'effraction. Peut-être a-t-elle été interceptée alors qu'elle se rendait à son travail ce matin-là.

La troisième théorie envisage l'implication d'une connaissance ou d'un ex-petit ami. Cependant, au fil des ans, tous ceux qui étaient dans le cercle de

Jennifer ont été vérifiés et aucune preuve n'a été découvert. Ces trois hypothèses, bien que potentiellement plausibles, sont restées jusque-là des théories.

L'enquête de Jennifer Kesse est sans doute l'une des plus frustrantes que la police d'Orlando n'ait jamais rencontrée. Des milliers d'heures ont été consacrées à sa recherche, des fouilles à pied dans le terrain accidenté de la Floride, des analyses méticuleuses de relevés téléphoniques, en passant par des interrogatoires de témoins et des suspects potentiels. Malgré le fait que chaque pierre ait été retournée, chaque indice suivi jusqu'à son point mort, l'histoire de la disparition de Jennifer Kesse reste un cas ouvert et non résolu à ce jour.

Et alors que les ombres de ce récit tragique s'allongent de jour en jour, de plus en plus d'interrogations surgissent, plongeant l'affaire dans un océan de mystère qui semble, jusqu'à présent, infini et insurmontable.

« Les événements les plus tragiques de la vie se tiennent souvent sous une lumière trompeusement banale. » - Haruki Murakami

Le signal d'alarme qui a d'abord perturbé l'atmosphère paisible de l'appartement de Jennifer le 24 janvier 2006 a rapidement évolué en un véritable ascenseur émotionnel pour ses proches. Alors que les enquêteurs fouillaient les bois, les rues et les eaux à la recherche d'indices, et que la silhouette non identifiée des images de la caméra de sécurité continuait à jeter une ombre angoissante sur le récit, la famille Kesse et les amis de Jennifer ont commencé un parcours douloureux et inimaginable, oscillant entre espoir et crainte, entre les larmes et la détermination.

Des centaines de personnes ont volontairement quitté leur quotidien pour plonger dans cette marée tumultueuse d'incertitude et de peine. Loin d'être impuissants, les parents de Jennifer, Joyce et Drew, ont organisé des équipes de recherche bénévoles et lancé un site internet pour recueillir des informations et tenir le public au courant. Ils ont multiplié les apparitions médiatiques pour maintenir l'affaire sous le feu des projecteurs, dans l'espoir que chaque couverture médiatique pourrait représenter une chance supplémentaire de retrouver leur fille bien-aimée. Le visage souriant de Jennifer, affiché sur des milliers d'affiches, a continué à interpeller Orlando et le pays tout entier, alors que le mystère s'épaississait.

Rob Allen, son petit-ami, a été une présence constante lors des conférences de presse, tout comme les autres membres de la famille et les amis de la jeune femme. Chacun d'entre eux a témoigné de son caractère attachant, de sa joie de vivre et de l'absurdité de sa disparition. Ce mouvement de soutien a apporté un sentiment de solidarité, mais il a aussi souligné la tragédie et la douleur de cette affaire, rappelant à tous l'aspect dévastateur des disparitions inexplicables.

La communauté d'Orlando ne s'est pas contentée de se laisser glisser dans l'indifférence face à cette tragédie. Au fil des années, des courses commémoratives, des veillées et des rassemblements ont été organisées en l'honneur de la disparue. Ces événements n'ont pas seulement servi à perpétuer le souvenir de Jennifer ; ils ont aussi ajouté un écho poignant à l'appel de sa famille pour des réponses, un écho qui a continué à se répercuter à travers la ville, le pays et même au-delà des frontières.

La disparition de Jennifer a laissé une trace indélébile non seulement dans les cœurs de ses proches, mais aussi dans ceux de beaucoup qui n'ont jamais eu la chance de croiser son sourire lumineux. Les conséquences humaines et émotionnelles de cette affaire ont déferlé comme une vague incessante, atteignant des rivages inattendus et incitant à la réflexion.

Au-delà du mystère et de la douleur, l'affaire Jennifer Kesse pose des questions plus larges sur notre société. Comment une jeune femme, vivant une vie apparemment sans histoire, peut-elle disparaître sans laisser de trace un matin pour aller travailler ? Quelles sont les limites de nos systèmes d'enquête ? Quel impact a la couverture médiatique sur la résolution des comme celles-ci ? Comment tant de personnes peuvent-elles disparaître et rester introuvables dans un monde sous surveillance constante, à l'ère de la technologie de pointe ?

Et surtout, elle met en lumière l'amour indéfectible, le courage et la détermination des familles et des amis qui, confrontés à l'impensable, continuent à chercher, à espérer et à lutter pour la vérité et la justice.

C'est dans l'exploration de ces questions et dans la confrontation avec cette réalité troublante que nous pouvons peut-être trouver une lueur d'espoir. Un espoir que chaque histoire racontée, chaque image partagée et chaque effort déployé nous rapprochera, pas à pas, du jour où le mystère de la disparition de Jennifer Kesse, ainsi que de nombreuses autres disparitions, sera enfin résolu.

« Le vrai mystère du monde est le visible, pas l'invisible. » - Oscar Wilde

Le 15 février 2020 marque le triste anniversaire de la 14ème année sans Jennifer Kesse. Le monde a considérablement évolué depuis l'hiver 2006, mais l'énigme de sa disparition reste constante, suspendue dans le temps. L'amour inébranlable de sa famille et de ses amis, la détermination des détectives et la curiosité du public s'efforcent inlassablement de faire face au vent froid du mystère et de la peine.

Encore aujourd'hui, les enquêtes continuent. En 2018, la famille Kesse a pris la décision de poursuivre l'investigation de la disparition de Jennifer par des moyens privés. Les anciens dossiers ont été ressortis, une équipe de détectives privés a été formée et une nouvelle campagne pour des informations a été initiée, chaque effort fait dans l'espoir de raviver une étincelle qui pourrait finalement éclairer le sombre golfe de l'inconnu.

Malgré ces efforts, malgré la détermination et le courage affiché par tous ceux qui sont impliqués dans cette affaire, personne ne peut prédire quand et comment l'énigme de la disparition de Jennifer sera finalement résolue.

Comme la Chevrolet Malibu de Jennifer, inerte et silencieuse, qui était restée garée dans le parking de Huntington on the Green, le mystère de sa disparition reste lui aussi, silencieux. Les échos de sa vie résonnent encore, son visage souriant flotte toujours dans l'imagination de ses proches, mais l'ombre de son absence s'est installée trop confortablement parmi nous. Les secrets restent bien gardés, les réponses demeurent cachées, le brouillard qui obscurcit le réveil du 24 janvier 2006 persiste, fidèle à son voile de mystère.

Ainsi se termine le récit de la disparition inexpliquée de Jennifer Kesse, un tableau d'espoir et de désespoir, de détermination et de frustration, de lumière et d'obscurité. C'est l'histoire consciencieuse d'une jeune femme dont la vie a été interrompue et dont le destin reste inconnu aujourd'hui. Une trame qui, bien que consciencieusement dépliée, laisse derrière elle une toile d'interrogations toujours tissée de mystère.

Notre recherche de la vérité nous confronte à notre propre vulnérabilité, à l'incertitude de la vie et à la fragilité de la condition humaine. Dans notre voyage à travers ce labyrinthe de questions sans réponses, nous sommes rappelés à l'humilité devant le présent, appelés à chérir chaque instant avec nos proches et guidés à chercher la vérité avec courage et détermination.

Finalement, cette histoire, comme tant d'autres histoires de disparition non résolues, est un appel à la vigilance et à la compassion, un rappel des liens qui nous unissent en tant qu'êtres humains, un défi à saisir les rênes du mystère inépuisable de la vie et à ne jamais cesser de chercher, ne jamais cesser de questionner. C'est dans ce défi que réside notre véritable force, dans cette quête que nous nous retrouvons, dans ce récit que nous tissons notre histoire commune, de manière à toujours se souvenir et, peut-être un jour, à la lumière de la vérité, à découvrir le final de cette énigme.

L'Énigme de la Maison des Risch : La Sanglante Disparition.

« Les gens disent que la vie est pleine de choix, et c'est vrai. C'est aussi vrai qu'elle est pleine de disparitions. » - Anonyme

Havre de quiétude entre les majestueux paysages de la Nouvelle-Angleterre, Lincoln, Massachusetts, est la charmante petite ville où résidait Joan Risch. C'est ici qu'un flot ordinaire d'événements quotidiens a été ébranlé par l'une des disparitions les plus troublantes et infiniment mystérieuses qui secoueraient l'Amérique dans les années suivantes.

Joan Risch, femme au foyer dévouée, mère aimante de deux enfants, épouse chatoyée de son mari, Martin Risch, était une figure bien connue des habitants de Lincoln. Née en 1930, elle avait été adoptée à l'âge de 9 ans après le décès brutal de ses parents dans un incendie. Une éducation privilégiée avait conduit Joan à la porte d'un bel avenir. Après avoir obtenu un diplôme de lettres de l'Université Wilson College en Pennsylvanie, elle avait travaillé en tant qu'assistante de direction et secrétaire de l'éditeur avant de se marier et de se consacrer à sa famille.

Elle vivait une vie ordinaire avec son mari et ses deux enfants, Lillian, quatre ans, et David, deux ans. La famille venait de s'installer à Lincoln après avoir quitté un appartement à Cambridge quelques mois plus tôt. Leur nouvelle maison, un confortable ranch de deux chambres avec un jardin spacieux et un garage attenant, avait tout pour être un sanctuaire d'amour et de bonheur.

Pourtant, c'est cette maison idyllique qui serait bientôt hantée par le mystère de la disparition de Joan.

Le 24 octobre 1961, un jour lambda dans la vie de la famille Risch. Martin, le mari de Joan, était parti pour une conférence d'entreprise à New York tôt le matin, laissant Joan seule avec les enfants. Après le petit déjeuner, la mère dévouée fit quelques courses chez Marshalls et s'arrêta à la bibliothèque où elle rendit huit livres pour enfants. Elle avait avec elle David, tandis que Lillian était à la maternelle. Ensuite, ils s'en revinrent chez eux.

Lorsque Lillian, quatre ans, rentra de l'école à midi, Joan prépara le déjeuner et lui fit la lecture. Plus tard dans la journée, elle confia Lillian à la garde de la voisine, le temps d'une sieste, tandis qu'elle quittait la maison avec son autre enfant, David.

Pourtant, quand Lillian rentra chez elle après sa sieste, tout ce qui lui restait de sa mère était un silence lourd et une maison empreinte de mystère.

Sous le ton clément de l'automne, dans l'atmosphère sereine de la Nouvelle-Angleterre, un sinistre mystère se mettait en place qui retiendrait bientôt l'attention de toute l'Amérique. Un puzzle de bizarreries, de mystères et d'inexplicables ; une énigme résolue mais jamais vraiment résolue.

Des histoires plus étranges que la fiction prennent souvent vie dans des situations plus familières que nous ne pourrions le croire. Les rues paisibles de Lincoln, Massachusetts, seraient-elles le théâtre d'une telle histoire ? L'heure de vérité approche. La disparition inexpliquée de Joan Risch, la femme au foyer ordinaire regorgeant de mystères et de secrets non dévoilés, garde encore ses énigmes bien cachées.

« Dans le journal d'un monde qui n'existait pas encore, elle nota les choses qu'elle aurait voulu faire, qu'elle aurait voulu être et où elle aurait voulu aller. » - Brian Andreas

À l'époque de sa disparition, Joan Risch était connue comme une femme affable, pleine de vie et ancrée dans sa vie de famille. Elle était dévouée à ses enfants et aimée par son mari, Martin Risch.

Martin, que l'on décrivait comme un homme attentionné et dévoué à sa famille, travaillait comme directeur exécutif pour une entreprise de machines à papier, travail qui l'amenait souvent à voyager. L'absence de Martin à la maison le jour de la disparition de Joan en était un exemple typique.

Quant à Joan, elle était une mère au foyer engagée, profitant de la vie tranquille à Lincoln, loin du tumulte de la vie urbaine. Cependant, malgré son apparente vie tranquille, Joan avait une passion intrigante. En effet, elle montrait un intérêt marquant pour les livres sur les disparitions mystérieuses et les whodunits ; les archives de la bibliothèque locale attestent du fait qu'elle avait emprunté de nombreux livres sur ces sujets dans les mois précédant sa disparition.

Le jour de sa disparition, le 24 octobre 1961, Joan avait prévu une journée tranquille avec ses enfants. Martin était parti tôt ce matin-là pour une conférence d'entreprise à New York. Joan, quant à elle, elle avait préparé le petit déjeuner et avait emmené David faire quelques courses au magasin local et à la bibliothèque.

À leur retour, le déjeuner et la lecture d'histoires étaient de mise. Après le déjeuner, Joan envoya Lillian chez une voisine, Barbara Barker, pour une sieste. Elle quitta la maison avec David pour une destination inconnue, promettant à Lillian qu'elle serait là à son retour.

Lorsque Lillian revint chez elle vers 14 heures, tout semblait normal au premier abord. Cependant, l'apparente normalité fut interrompue par une scène effrayante dans la cuisine. On y découvrit une flaque de sang sur le sol, du sang éclaboussé sur les murs et une serviette et un torchon taché de sang. Le téléphone mural était arraché et gisait dans une poubelle à côté.

Alors que Lillian tentait de comprendre ce qui s'était passé, elle appela ses voisins à l'aide. La famille Barker, qui venait de rentrer d'une sortie, essaya de la calmer tandis que les autres voisins cherchaient

Joan dans la maison. Toutefois, ils ne la trouvèrent nulle part. Personne n'avait vu Joan partir, ni elle n'avait mentionné de rendez-vous ou de plans à quiconque.

Le mystère s'approfondit lorsque les policiers découvrirent un livre ouvert sur le lit de Joan. Il s'agissait de « Into Thin Air » de Wecht Ben, un récit de Nouvelle-Angleterre du XIXème siècle : une femme âgée avait quitté sa ferme un jour, et malgré d'intenses recherches, tout ce que l'on put retrouver d'elle fut une écharpe saisie par un arbre.

À l'aube du jour suivant, avec l'absence persistante de Joan et la multiplication des incohérences de sa disparition, tout ce qui restait était un mystère frappant, l'écho lancinant d'une question sans réponse : Où était Joan Risch ? Aucune réponse n'était en vue, et le mystère stagnant promettait seulement de s'approfondir à l'horizon.

« Nous voyons le monde non pas tel qu'il est, mais tel que nous sommes. Ou, tel que nous sommes conditionnés à le voir. » - Stephen Covey

Dès que la disparition de Joan Risch fut signalée aux autorités, une opération de recherche et de sauvetage substantielle fut mise en place. Le chef de la police locale, Leo Algeo, prit les devants dès 16h45, le 24 octobre 1961. Des équipes avec des chiens renifleurs furent déployées à travers la ville, et des patrouilles navales survolaient la région en hélicoptère, scrutant chaque centimètre carré du paysage de la Nouvelle-Angleterre, cherchant tout signe de la femme disparue.

L'équipe d'enquêteurs sur place constata que la scène à la maison des Risch portait les marques d'une lutte. En plus des taches de sang dans la cuisine, une empreinte ensanglantée fut découverte à l'extérieur ainsi qu'une série d'autres gouttes de sang menant jusqu'à l'entrée du garage. Dans le garage même, ils trouvèrent une tache de sang plus grande, mais, étrangement, aucune goutte de sang ne menait à un quelconque endroit à partir de là. Quant à Joan, ses négatifs de photos, ses lunettes et son manteau étaient encore dans la maison, indiquant qu'elle ne prévoyait pas de partir.

La première théorie, pour expliquer la disparition, supposait que Joan avait été blessée, avait réussi à sortir de la maison, mais avait perdu suffisamment de sang pour s'évanouir ou s'écrouler quelque part en route. Cependant, malgré le fait que cette théorie coïncide avec certaines preuves, elle ne résistait pas à l'absence de traces de sang menant hors de la propriété.

La deuxième théorie, celle de l'enlèvement, sembla plus plausible, notamment en raison des signes de lutte observés dans la maison. Pourtant, aucun témoin n'avait aperçu un véhicule ou un individu suspect dans les environs.

Un élément particulièrement intrigant surgit lorsqu'une femme correspondant à la description de Joan fut aperçue marchant le long de Route 128 le jour de sa disparition, la tête basse et une expression confuse sur le visage. Certains témoins la décrivirent avec un « comportement hagard et désorienté », tandis que d'autres dirent qu'elle avait l'air « terrifiée ».

Une troisième théorie émergea alors, selon laquelle Joan pourrait avoir subi un traumatisme ou une confusion mentale, qui aurait pu la conduire à s'éloigner de son domicile, la laissant potentiellement errer quelque part, peut-être amnésique ou désorientée. Pourtant, sans preuve concrète ni confirmation d'une quelconque condition médicale, cela ne restait qu'une hypothèse.

Un détail captivant émergea lorsque des enquêteurs découvrirent que Joan avait retiré une quantité considérable de livres de la bibliothèque locale sur des disparitions mystérieuses et des affaires criminelles au cours des mois précédant la sienne. Certains ont avancé que Joan, fascinée par ces histoires, aurait pu orchestrer sa propre disparition à la manière d'un roman policier. D'un autre côté, d'autres ont soutenu que cet intérêt apparent pour le sujet ne pouvait pas être une simple coïncidence et qu'il pointait vers quelque chose de plus profond.

L'intrigue s'épaissit lorsque la police découvre que Joan avait fait part de ses angoisses à une amie sur un éventuel assaillant qui serait entré par la porte du garage. Est-ce que Joan pressentait la tragédie à venir ? Ou était-elle en train de construire une toile de mystère autour d'elle ?

Des mois d'enquête rigoureuse ne parvinrent à élucider aucune de ces possibilités, laissant les enquêteurs se gratter la tête. Chaque piste explorée atteignait un cul-de-sac. Chaque témoignage complexifié le puzzle. Chaque théorie échouait à expliquer entièrement le tableau mystérieux que présentait le cas de Joan Risch.

Toujours à ce jour, la disparition de Joan Risch reste une énigme pour les experts et les amateurs de crime du monde entier. Le doute plane toujours sur ce qui s'est vraiment passé le 24 octobre 1961 à Lincoln, Massachusetts. Malgré des décennies de recherches et de spéculations, le sort de la belle femme continue de se perdre dans les brumes du temps et de l'incertitude. Les échos de l'énigme de Joan Risch résonnent encore : mystère, désarroi et une profonde inquiétude sur ce que cache vraiment le voile de l'ordinaire.

« L'absence est à l'amour ce qu'est le vent au feu : il éteint le petit, il attise le grand. » - Roger de Bussy-Rabutin

La disparition de Joan Risch a déchiré le tissu tranquille de la communauté de Lincoln. Les voisins qui auraient salué Joan dans la rue, ceux qui auraient eu des conversations amicales avec elle lors des réunions scolaires de Lillian, tous se retrouvaient dans un état de choc profond. L'absence d'une figure si familière à la fois dans la rue de Old Bedford et dans les cœurs de ses proches, a créé un vide indescriptible.

Martin Risch, le mari dévoué et aimant, fut dévasté par la disparition de sa femme. À son retour de New York, il fut accueilli non pas par l'accueil chaleureux de sa femme, mais par une maison vide et une myriade de questions sans réponse. Il se retrouva seul, non seulement pour résoudre le mystère de sa disparition, mais aussi pour élever leurs deux jeunes enfants. Les jours heureux de la vie de famille avaient été remplacés par une routine de douleur et de confusion.

Lillian, la fille de 4 ans, a été particulièrement touchée. Le souvenir de sa mère, lisant des histoires, préparant ses plats préférés, jouant avec elle dans le jardin, est devenu de simples souvenirs à chérir dans un cœur douloureux. Le choc de trouver sa maison dans un tel désordre cette après-midi fatidique, d'appeler sa mère sans obtenir de réponse, continue de la hanter.

David, encore bébé, a été privé de la chaleur de l'amour maternel au moment même où il avait le plus besoin de sa présence. Martin s'est efforcé de remplir ce vide, mais l'absence de Joan a laissé une cicatrice éternelle dans leur vie.

La disparition de Joan a également eu un impact majeur sur la ville de Lincoln. Elle a secoué le sentiment de sécurité et d'isolement qui régnait dans cette petite communauté tranquille. Les voisins commençaient à se méfier des inconnus, et l'ombre du mystère entourant Joan hantait leurs pensées. Les autorités locales se sont trouvées sous pression pour résoudre le cas et restaurer une forme d'ordre.

En fin de compte, le cas de Joan Risch a déclenché une vague de réflexion plus profonde dans la société. Le mystère de sa disparition a soulevé d'importantes questions sur la sécurité, le bien-être mental, les relations familiales et la confiance communautaire. Il a souligné le fait que nous ne connaissons jamais vraiment les personnes qui nous entourent et que sous le calme apparent peut se cacher de sombres secrets.

Cette affaire a également mis en lumière la fragilité de notre existence. Une vie peut être si rapidement et inexplicablement effacée, laissant derrière elle un sillage de dévastation. Elle nous a rappelé que le monde ordinaire dans lequel nous vivons peut à tout moment être bouleversé par l'extraordinaire et l'inconcevable.

L'énigme de la disparition de Joan Risch nous exhorte à ne pas prendre pour acquis notre confort quotidien, car la vie est une toile de réalités complexes et interconnectées, avec des fils d'expériences humaines qui peuvent à tout moment se délier, nous laissant face à un puzzle de mystères, d'incertitudes et de quêtes sans fin de la vérité. Dix ans, vingt ans, cinquante ans peuvent passer, et pourtant le mystère de la disparition de Joan reste vivant, toujours dans notre conscience collective, un rappel poignant du fait que parfois, les histoires véritablement effrayantes sont en fait celles qui se déroulent juste à côté de nous, sous notre regard souvent insouciant.

« La vérité est plus étrange que la fiction, mais c'est parce que la fiction doit avoir du sens. » - Mark Twain

Malgré les nombreux efforts d'enquête et les années qui ont passé depuis la disparition inexplicable de Joan Risch, le mystère n'a jamais été résolu ; son sort reste un mystère inexplicable.

Les spéculations sur ce qui a pu arriver à cette mère dévouée, cette femme au foyer diligente, cette lectrice avide d'histoires mystérieuses ont continué à bourdonner à travers les décennies, façonnant diverses théories et idées. Mais ni les explications de l'accident, ni celles de l'enlèvement ou de la fuite orchestrée ne répondent pleinement à toutes les questions que pose cette affaire. Chaque hypothèse, qu'elle soit crédible ou simplement enthousiaste, n'est qu'une autre pièce ajoutée à un puzzle toujours inachevé.

Le cas mystérieux de Joan Risch souligne la dualité inquiétante de la vie humaine - la réalité que nous croyons connaître et l'inconnu qui nous échappe constamment. Joan a peut-être disparu sans laisser de trace, mais sa disparition ne manque pas de laisser des traces. La maison de Old Bedford Road, aujourd'hui silencieuse, est toujours assombrie par son absence, sa musique, son sourire, son amour.

Le 24 octobre 1961 a marqué un jour ordinaire de la vie tranquille de la Nouvelle-Angleterre, un jour d'automne, avec un soleil clément et des rues pavées tranquilles. Mais malgré les apparences, ce jour-là est mémorable non par sa normalité, mais par la rupture dramatique de celle-ci et le mystère qui continue de flotter au-dessus de la petite ville de Lincoln, dans le Massachusetts.

Plus d'un demi-siècle plus tard, la maison ignorable sur Old Bedford Road est toujours là, témoin silencieux des mystères qu'elle a enfermé et ne révèle toujours pas ce qu'elle a vu ce jour-là. De la rue, elle apparaît comme une autre maison dans une autre ville, une structure sous le couvert d'une vie ordinaire. Mais pour ceux qui connaissent l'histoire, elle est un rappel constant du foyer silencieux de Joan Risch, une représentation tangible de l'énigme qui persiste.

L'histoire de sa disparition continue d'attirer les curieux, les chercheurs de vérité et les amateurs de mystère. Des livres ont été écrits à ce sujet, des documentaires ont été réalisés, des récits ont été partagés. C'est une affaire qui a captivé l'imagination du public, en partie à cause de son étrangeté, mais surtout parce qu'elle est un miroir de nos peurs les plus profondes et universelles.

En fin de compte, nous sommes peut-être attirés par l'histoire de Joan Risch non pas parce que nous voulons résoudre son mystère, mais parce que dans le processus, nous nous confrontons à une réalité plus profonde et plus inquiétante : nous ne pouvons jamais vraiment connaître quelqu'un, ni prédire ce qui pourrait arriver un jour ordinaire dans une vie ordinaire.

Pendant que le monde continue de tourner, le mystère de Joan Risch reste imperturbable et impénétrable. Pourtant, en dépit de son insaisissabilité, cette histoire persiste, se perpétue et continue de nous rappeler un fait incontestable : parfois, les mystères sont destinés à demeurer des mystères, et c'est ainsi qu'ils capturent l'imagination du monde.

Ainsi se termine l'histoire de Joan Risch - pas avec une explication, mais avec un point d'interrogation éternel. Le mystère de Joan Risch, après toutes ces années, reste non résolu, mais certainement pas oublié. Il continue de hanter les mémoires, de piquer la curiosité et de briser le cœur, laissant derrière lui une énigme qui fait écho à travers l'histoire.

Et peut-être que c'est là que réside la véritable essence de son histoire - dans sa capacité à échapper à la compréhension, son pouvoir de perturber la réalité que nous croyons connaître et son invitation silencieuse, mais persistante, à chercher, à questionner et à sonder les profondeurs insondables de l'expérience humaine.

Épilogue.

Alors que nous refermons ce livre, les pages encore bruissantes des échos de ces disparus, nous vous laissons au seuil d'un monde où la certitude cède sa place à l'énigme et où la lumière peine à éclairer les coins sombres de l'inconnu. Ces récits sont des fenêtres ouvertes sur l'abîme, des invitations à questionner et à contempler ce qui se trouve au-delà de notre compréhension.

À travers ce voyage dans les méandres des disparitions mystérieuses, nous avons traversé ensemble des paysages de l'âme humaine rarement cartographiés, où se mêlent espoir, désespoir, et cette part indéfinissable qui échappe à la raison. Chaque histoire, bien que sans fin définitive, nous a offert un reflet de nos propres peurs, de nos curiosités, et parfois, de notre capacité à aimer et à perdre.

Nous espérons que ces récits vous auront non seulement captivés et intrigués, mais qu'ils auront aussi suscité en vous une réflexion plus profonde sur la fragilité de l'existence, sur la finesse de la ligne qui sépare le connu de l'inconnu, et sur la valeur inestimable de chaque instant partagé avec ceux qui nous sont chers.

Peut-être, dans un moment de silence, après avoir posé ce livre, ressentirez-vous une connexion invisible avec ceux qui ont disparu, un fil ténu tissé de questions sans réponses, de destins interrompus et de l'éternel mystère de l'existence humaine.

Gardez en mémoire que chaque disparu laisse derrière lui une lumière, faible peut-être, mais persistante, qui brille dans l'obscurité de l'incompréhension. C'est cette lumière que nous choisissons de suivre, cette étincelle d'humanité qui nous unit dans notre quête commune de vérité, même dans les profondeurs les plus sombres.

Le monde est plein de mystères, et chaque histoire inachevée est une porte entre-ouverte sur de nouvelles possibilités, sur des mondes peut-être encore à découvrir.
Avec gratitude pour votre compagnie sur ce chemin sinueux, nous vous laissons avec ces histoires, ces fragments de vies évanouies, en espérant qu'elles vous inspireront, vous troubleront, mais surtout, qu'elles vous rappelleront que dans chaque mystère, il y a une étincelle de vérité qui attend d'être découverte.

Dans l'attente de notre prochain voyage dans l'ombre des inexpliqués, prenez soin de vous et des mystères que vous portez en vous.

Avec respect et une pointe de curiosité inassouvie,
Votre dévoué narrateur des ombres.

Si vous avez apprécié ce livre, n'hésitez pas à laisser votre avis à propos de celui-ci sur Amazon ! Nous vous serions tous extrêmement reconnaissant : moi-même, l'équipe de « Le Corbeau Éditions » qui m'a énormément aidé pour ce livre, ainsi que toute la communauté française des passionnés de true crime ! Pour cela il vous suffit de flasher le QR code ci-dessous !

Dans la même collection.

Découvrez Plus de Mystères et d'Intrigues. Si les pages de ce livre vous ont captivé, <u>votre voyage ne doit pas s'arrêter ici.</u> Nous avons préparé pour vous une sélection de livres tout aussi captivants, chacun explorant les recoins sombres et complexes du true crime.

Pour découvrir ces autres œuvres passionnantes, scannez le QR code ci-dessous. Vous serez dirigé vers une collection soigneusement sélectionnée de nos meilleures publications, chacune promettant de vous emmener dans un nouveau voyage à travers des histoires mystérieuses.

Que vous soyez un amateur de mystères non résolus, un passionné d'histoires criminelles réelles ou simplement un lecteur en quête d'aventures palpitantes, notre collection saura répondre à votre curiosité. N'attendez plus pour étancher votre soif de savoir. Plongez dans notre collection et continuez à explorer le monde du true crime.

Le Corbeau Édition.

Printed in France by Amazon
Brétigny-sur-Orge, FR